I

Chaque famille classique se doit d'avoir un raté : une famille sans raté n'est pas vraiment une famille, car il lui manque un principe qui la conteste et lui donne sa légitimité.

L'oncle a quarante ans et vit dans un studio de trente mètres carrés : c'est comme une chambre d'enfant, mais sans parents. La surface occupée par l'oncle est inversement proportionnelle à son âge : quand il avait trente ans, il disposait d'un appartement de cinquante mètres carrés.

L'oncle souhaite que sa mère aille poursuivre chez les morts sa passion pour les maladies et ses bavardages inintéressants. Non qu'on s'ôte ainsi de l'âme une telle écharde, mais la disparition physique d'une personne procure certainement des avantages définitifs.

L'oncle a accumulé des erreurs de parcours réjouissantes, qui confortent la famille dans ses choix justes et nobles : chômage, divorce, absence de descendance, concubinage avec des femmes divorcées, insertions ratées dans des foyers monoparentaux, etc.

L'oncle a été dans les meilleures institutions, mais n'a pas produit les fruits qu'on attendait. Car, reconnaissons-le, un enfant reste un investissement. Autrefois, époque bénie, la mortalité infantile se chargeait d'éliminer de braillantes erreurs. Le père de l'oncle, fervent polémologue, évoque avec une certaine nostalgie l'heureux temps où les guerres estivales, chaque année, jouaient aussi leur rôle dans l'extermination d'un excédent de jeunes mâles. Avec les progrès de la médecine et de l'hygiène, avec la raréfaction des conflits dans les pays riches, c'est à la famille que revient le rôle d'étouffer, à huis clos et bien plus subtilement, les branches pourries. Quoi qu'on en dise – aimons ce genre de formules... –, une famille classique est d'abord une machine à sélectionner, et d'enfant en enfant elle réagit plus ou moins heureusement dans sa façon d'accueillir une vivante nouveauté.

Outre ses errements sociaux, dont la sanction la plus irréfutable est sa scandaleuse absence de bonheur et d'enfants, l'oncle réunit sur sa personne une série de tares classiques : il fume environ quarante cigarettes par jour, soit, en admettant qu'il ait accès au sommeil, deux et demie par heure. Il boit. Il est velléitaire. Il est sexuellement obsédé.

L'oncle incarne donc admirablement la figure du raté indispensable à l'équilibre de la famille, en ceci qu'il s'est écarté – ou l'a-t-il été ? – de toute fonction reproductrice, et qu'il offre aux siens l'inquiétante et désirable image d'un décalage exotique. Il est fils et oncle, il a nièces et neveux, mais en aucun cas il ne peut prétendre être père, bien qu'à quarante ans le désir d'enfant le tourmente presque autant qu'une femme : mais à cet âge un homme se heurte à une limite, qui n'est certes pas physiologique mais symbolique.

Écrivant ces lignes, un matin de février, il suçote une bière avec extase, avec le sentiment ancien et joyeux d'avoir malgré tout raison. Il est midi. Il y a du soleil. La bière fraîche coule le long de son cœur.

II

Par où commencer ? Ainsi commencent les mauvais livres, les livres ratés. Mais avec l'âge et la certitude d'avoir de la valeur, on manipule sans danger les clichés.

Car l'oncle a eu de la valeur. Du moins, on entretient sournoisement cette légende : une famille qui prétend à l'exception produit nécessairement un raté de grande envergure. L'oncle est potentiellement la plus grande réussite de la famille, un investissement à très long terme pour un risque minime. Combien de fois lui fallut-il entendre qu'il aurait pu accomplir ceci et cela au royaume des choses intellectuelles ? Mais l'oncle n'a aucun honneur, ses résolutions du matin s'effondrent au crépuscule comme du sable. Son âme est « inerme et languissante », selon l'expression d'un enviable Portugais, poète, fumeur d'opium, auteur d'un seul recueil, qui alla s'avachir agréablement à Macao vers 1900 en compagnie d'une Chinoise et d'une tuberculose.

Observons donc une famille classique composée de cinq membres. Notons avec étonnement que sur les trois fils un seul a fait œuvre de descendance : quelle famille peut s'enorgueillir d'un tel optimisme, d'une telle pulsion de vie ? Produire deux êtres humains réclama la coopération de pas moins de six personnes, en comptant l'aide d'une généreuse génitrice qu'on se résigna à importer par nécessité. Mais peut-être faut-il ajouter au nombre des conditions qui favorisèrent une productivité si extraordinaire les quelque dix mille volumes savants, la trentaine d'années supérieures, essentiellement masculines, que possède au total cette brillante fourmilière ?

Chaque être a visiblement une tendance à émettre des jugements sur les autres, généralement négatifs, et à raisonner en termes de hiérarchie. Le but de celui qui raisonne ainsi est bien évidemment de dominer les autres, ou de croire qu'il les domine. À cet égard, la famille de l'oncle est une fabrique de jugements et de hiérarchies très performante. Son terrain est la chose intellectuelle. Pour d'autres familles, ce sera l'argent, ou le pouvoir, ou une quelconque position sociale. Parfois, toutes les conditions sont réunies. Le sommet intellectuel de la famille de l'oncle est l'aîné, sur qui se sont concentrés tous les investissements. Perchée sur son rocher comme dans un zoo, la famille lance des anathèmes et compatit aux échecs : le monde se divise en concours, grandes écoles, rangs, disciplines nobles et vulgaires, carrières, etc. Prenons un exemple : vous êtes professeur. Pour approcher l'Olympe d'où l'on vous considère avec amabilité et ironie, il vous faut répondre à des critères somme toute banals, du moins aux yeux de votre juge : tel concours, telle discipline incluant le grec et le latin, telle école prestigieuse, tel rang. Admettons que vous ayez franchi ces étapes : l'on vous écoutera soudain distraitement, avec un sourire navré, si l'on apprend que cette école prestigieuse n'est pas située dans la rue à laquelle on pensait. Quelle rue ? *La* rue. Mais soit… Admettons que votre école soit dans cette fameuse rue. La sympathie vous est acquise, on sent une camaraderie détendue. Mais un second interrogatoire vous attend : discernez-vous de la compassion chez votre interlocuteur ? c'est que votre carrière, vos publications sont sympathiques, mais un peu éloignées de l'idée qu'on se fait ici du sommet. Un sommet aussi médiocre que le cœur de celui qui raisonne ainsi.

On en déduira donc que l'oncle adore les perdants, les humiliés, les blessés de toutes sortes, les orphelins. Il a d'ailleurs été marié avec une femme qui possédait l'avantage extraordinaire de n'avoir plus de famille. Elle venait de Pologne. Elle était très belle et très blessée. La famille de l'oncle l'avait en grande estime, et l'appelait joliment la « Polonaise », pour la raison évidente que toutes les Polonaises se ressemblent : elles viennent en France, c'est bien connu, dans l'unique but de se faire épouser. Quant à l'« Infirmière », qui succéda à la « Polonaise », l'oncle adora sa famille parce qu'elle était aux antipodes de la sienne : la plus diplômée était précisément infirmière, une autre était vendeuse ou secrétaire, un autre technicien. Tout ce joli monde vivait dans les provinces, buvait gentiment, faisait d'admirables fautes de français, avait du cœur, et dans l'ensemble était aussi déglingué que la famille de l'oncle, mais différemment. L'oncle, pour la première fois de sa vie, eut des beaux-frères. Qui n'a pas eu de beaux-frères, c'est-à-dire des êtres un peu frustes avec qui boire et échanger des plaisanteries subtiles, désespérées et grasses, ne sait pas tout à fait ce qu'est l'amour ou la vie.

Peut-être jugera-t-on que l'oncle, en ce début incertain de son odyssée, n'est que vinaigre, qu'il est de mauvaise foi ou qu'il manque de nuances. Certes… Mais il se considère aussi comme une espèce de Parque bienveillante et rebelle qui veille lointainement sur le destin des siens, avec d'autant plus de complicité qu'il est issu du même moule risible, douloureux, et terriblement humain.

III

S'il est possible de mourir – de mourir physiquement – d'un manque d'amour, alors l'oncle est en train de mourir. Cela prendra un certain temps, mais il mourra. Si rien ne change, il mourra de cette maladie. Certains meurent de ne pouvoir aimer, d'autres de n'être pas aimés. De toute façon, ceux qui croient encore que l'amour, même un amour simple et modeste, leur redonnera le goût de vivre, ceux-là seront laminés les premiers.

L'oncle croit bien qu'un jour il s'endormira à une terrasse, devant un dernier verre, et qu'il ne se réveillera pas. Cela se fera sans doute avec douceur, mais le diagnostic montrera que sa maladie est venue à maturité : il sera mort d'un excès de manque d'amour.

L'oncle boit. Il est incontestable que l'oncle boit. Il boit non parce qu'il est seul : il a accumulé des conquêtes qu'on vit défiler à la table familiale, des scandaleuses et d'autres qui ne l'étaient pas. Par défi ou par optimisme, ou comme un chat qui offre sa proie à son maître, parce qu'il escomptait une espèce de reconnaissance, ou encore parce qu'il croyait insuffler à cette famille sans vraie féminité un principe autre qui lui avait fait cruellement défaut, l'oncle présenta au rituel de la table au moins un dixième de sa chasse. Le reste est luxure nocturne et mystère.

L'oncle ne boit donc pas parce qu'il est seul, mais parce qu'il veut l'être. En cela, il n'est peut-être pas si différent des autres. Nous tous, désormais, nous croyons que nous nous en sortirons seuls.

L'oncle boit parfois quatre litres de bière en une soirée. Ou plus. La bière a cet avantage sur des alcools plus forts que l'on croit boire éternellement. Le lendemain, le résultat sera le même. Mais la veille, on aura bu très longuement. L'alcoolique ne supporte pas d'être interrompu. Ce qui l'interrompt, c'est-à-dire les autres et la mort, il le supporte encore moins que ses semblables.

L'alcool est une chose compliquée, bien que celui qui s'y adonne veuille avant tout réduire sa vie à un principe unique.

Celui qui boit présente l'affaire comme un trésor incomparable. Il ne faut pas l'écouter. C'est une vraie souffrance.

Celui qui boit parle de cela comme un professionnel. L'alcoolisme est en effet un travail, en ce qu'il occupe généralement la plus grande partie des journées, qu'il requiert des capacités au moins physiques, des connaissances sur les alcools et leur dosage, et qu'il est un sujet de conversation essentiel. Qu'est-ce qu'un alcoolique ? Il y a vraisemblablement beaucoup de réponses, mais on peut en retenir une fort simple : est alcoolique celui qui prend conscience un jour que l'alcool est l'occupation la plus importante de sa vie. Certes, la quantité de liquide dont on s'emplit joue un rôle. Mais, en définitive, quelle que soit cette quantité, vous êtes alcoolique lorsque vous dites aux autres que l'alcool est votre problème principal.

Celui qui boit appartient à une confrérie. Allez dans les bars, et regardez. Les buveurs se cherchent avec le troisième œil. Ils se reconnaissent vite. Ils se sourient. Ils savent combien la frontière est mince entre le malheur et la jouissance.

Celui qui boit s'exhibe. L'alcool est un rubis à son doigt. Il jette des éclairs de douleur comme une femme baguée. Il est là, au comptoir, morceau de nuit accoudé. Il a posé sa souffrance devant lui. Il joue avec, la fait tourner dans ses mains, la présente dans la lumière. Il veut qu'on la voie. C'est une offrande. Il ne sait pas quoi en faire, alors il la montre. C'est un professionnel de la souffrance, un acteur de la souffrance, et c'est comme tel qu'il veut être reconnu.

Celui qui boit et ses alcools forment une série de systèmes binaires : le manque et la satisfaction, le plaisir et la culpabilité, la fatigue et la réparation, l'angoisse et la dissipation de l'angoisse, etc. Le plus important de ces systèmes semble être le premier, et c'est par lui qu'il faut commencer. Mais s'interroger sur l'origine du manque est une tâche difficile, et risque de mener à la sacralisation. S'il faut comprendre l'alcoolique, qu'on admette d'abord qu'il est une machine parfaite qui produit chaque jour du manque pour obtenir de la satisfaction ; une fois atteinte, l'alcoolique sécrète à nouveau du manque ; et ainsi de suite. Peut-être faut-il donner cette définition de la dépendance : nous sommes dépendants d'un produit ou d'un être dès lors qu'il nous procure une chose et son contraire, c'est-à-dire le plus grand plaisir et la plus grande souffrance.

Par ces quelques lignes, on voit que l'alcool entretient un rapport essentiel avec l'amour et la destruction.

Sur l'amour, l'oncle a donc des vues pessimistes. Il lui est arrivé d'écrire par exemple : *L'amour dure le temps de détruire l'autre*. Il n'avait pas encore trente ans : ce propos sent la passion. S'il réfléchit à sa vie actuelle, il dira plutôt : Les couples qui entreprennent aujourd'hui une relation amoureuse embarquent avec eux un passager clandestin, l'inévitable séparation, et vivre cette relation n'est que la mise en forme progressive et de plus en plus consciente de la rupture prochaine.

Sur la sexualité – amour ou affection –, il lui est arrivé de penser que tout le malheur de l'individu vient de ce qu'elle n'est pas une fonction aussi vitale, machinale et incontournable que la respiration ou la circulation sanguine : il est possible, en effet, de rester un an et même davantage sans relations sexuelles. À l'inverse, comme chacun sait, à l'échelle de l'espèce la fonction sexuelle constitue une nécessité absolue. Aujourd'hui, l'oncle nuancerait ce propos : l'individu meurt – meurt physiquement – de ne pouvoir tenir dans ses bras un autre corps.

Les gens se rencontrent, se quittent, se reprennent, se quittent à nouveau. La fin de la vie ressemble peut-être à la fin d'une fête : des solitaires s'accrochent à d'autres solitaires auxquels ils n'avaient pas prêté attention. Il est peu probable que les longues relations demeurent.

Sur l'amour et l'alcool, il lui est arrivé d'écrire des bribes : débuts de romans, poèmes éparpillés. L'oncle est velléitaire, l'oncle ne va pas jusqu'au bout des choses. Il entretient une destruction modeste, bourgeoise. Et sur ces sujets préoccupants il n'a écrit que des bribes. Il aimerait ici leur faire parfois une place, au moins parce que ces éclats possèdent une inévitable part autobiographique…

Nous nous aimâmes comme des alcooliques peuvent s'aimer, c'est-à-dire quand nous avions bu et qu'un théâtre de grandes crises s'ouvrait. Certes, nous tous espérons que l'amour sera théâtral. Mais là-dedans l'alcool apporte la certitude. Nous buvons, et il y aura forcément drame. Nous pouvons être sûrs que le théâtre de l'alcool ne fera pas défaut, à l'heure que nous avons choisie. Et si, comme nous le sentons confusément, l'alcool est lié à l'absence d'amour, alors il y aura magnificence : deux êtres qui s'abreuvent ensemble et qui tentent de s'aimer produiront les crises les plus exigeantes, exigeront la totalité, exigeront le défaut total de l'autre par où l'amour peut commencer comme un manque absolu… J'avais rencontré C. dans un bar, et nous étions déjà gris – mais je tenais mieux qu'elle. Lors de ses soûleries rapides – elle buvait son produit comme de la foudre glauque –, elle se révéla d'une cruauté qui la faisait souffrir autant que moi, ordonnant qu'on la tringlât et la frappât, ne souffrant ni délai ni douceur… Elle criait dans ces instants des formules étranges : « Donne-moi des baisers de bagne ! Gifle-moi avec des truites d'agonie ! »… Elle me rejetait avec de plus en plus de violence, furieuse dans la nuit, car j'exigeais qu'elle acceptât d'autres preuves que ces actes… Terribles preuves qu'on demande à l'être aimé… Or, bien sûr, j'avais ma propre violence. J'avais toujours mené l'amour comme un procès. L'autre, dans les funèbres noces, n'apportera jamais la preuve qui l'innocenterait pour toujours. Le procès est truqué. Toute innocence lui sera systématiquement refusée. Il sera sans relâche poussé à la faute. C'est ainsi que j'ai construit pas à pas la trahison de celles que j'aimais.

IV

Qu'est-ce qu'un bar de nuit ? Ou plus précisément : qu'est-ce qu'un bar de nuit de quartier ? C'est un établissement qu'on fréquente parce qu'on va mal, et où l'on s'aperçoit que les autres vont encore plus mal. On s'y sent donc particulièrement bien. C'est un hôpital plein de joyeux perfusés, une basse-cour profondément humaine. Prenons un exemple. Vous avez manqué deux ou trois journées de travail dans l'année parce que vous aviez une incroyable gueule de bois. Vous vous maudissez sincèrement. Vous jurez que vous ne recommencerez jamais. Le lendemain soir, solidement accoudé à votre comptoir préféré comme aux commandes de votre vie que vous maîtrisez parfaitement, vous apprenez que le joyeux Marcus, un quinquagénaire que vous aimez bien, un fonctionnaire grassouillet qui porte des bas de femme sous son pantalon, a reçu une lettre étonnée de sa direction parce qu'il a manqué soixante-treize journées dans l'année. C'est le patron qui vous apprend ça, avec un grand rire humain et désespéré. Soixante-treize journées... Vous sifflez d'admiration, vous vous sentez vraiment peu de chose, vous prenez conscience de ce qu'est réellement l'humanité. Pendant ce temps, à l'autre bout du comptoir, Marcus chante devant son quinzième verre et vous envoie des œillades en se déhanchant presque sensuellement : « J'irai partout, sur les plages de milliardaires, chez les derniers Indiens, dans les strip-teases minables. » Il a trouvé cette phrase admirable dans le dictionnaire, et il la chante quasiment tous les soirs en rigolant. C'est Marcus, fonctionnaire aux Assedic, qui vous a appris cette règle fondamentale : « Quand tu vas acheter de l'alcool, il faut toujours acheter le maximum, parce que tu bois toujours plus que ce que tu as prévu. » Marcus semble bien parti pour manquer sa soixante-quatorzième journée de travail.

Un bar de nuit de quartier est généralement fréquenté par une doyenne. On l'embrasse en arrivant et en partant, en admettant que « partir » ait un sens dans ce genre d'endroit : on y entre, avec l'espoir fou de l'amour, mais on n'en sort jamais. La doyenne a la peau douce. Elle a été très belle. Elle vous entretient parfois de son mari, mort depuis longtemps. L'âge moyen d'une doyenne est d'environ quatre-vingts ans. La plus âgée qu'ait connue l'oncle en avait quatre-vingt-dix. Elle buvait chaque soir cinq ou six pastis, entre dix-neuf heures et minuit. La doyenne est une figure tutélaire du bar et remplit une fonction précise : elle est là pour vous rappeler combien l'alcool est la garantie d'une vie longue et heureuse. Le patron lui paie fréquemment des verres. Elle-même est souvent une ancienne patronne de bar, et elle n'a jamais pu oublier l'ambiance merveilleuse de l'enfer.

Vous connaissez au moins dix bars. Ils sont assez proches les uns des autres, de sorte que vous disposez de plusieurs parcours selon la dose de souffrance que vous voulez vous infliger. Parfois, vous vous demandez : qu'est-ce qui domine, le produit ou la tristesse ? On peut considérer que le produit joue un rôle d'amplificateur. Mais la décision d'aller mal, d'aller vraiment mal un soir précis, a été prise avant. Il y a les nuits de trois bars et celles de sept. Il y a les bars avec aube quand vous souffrez beaucoup, c'est-à-dire quand vous avez décidé que l'amour, l'alcool ou la solitude étaient des choses équivalentes. Vous rentrez chez vous en fixant une ligne imaginaire sur le trottoir pour ne pas tituber. Vous avez écrit des mots désastreux aux serveuses institutionnelles, les grandes filles très belles perchées sur les estrades en bois. Le jour se lève, les bars ferment, les rues sont vides, catastrophiques, théâtrales, et cela est plus que la mort. Vous avez toujours bu, vous ne vous arrêterez jamais. Vous avez commencé à boire pour aller vers l'amour. L'alcool vous en a éloigné davantage et a fini par le remplacer. C'est pour cela que vous buvez : pour rester seul avec l'impossibilité de l'amour.

Un bar de nuit est la caisse de résonance de votre quartier, quartier dont vous comprenez vite qu'il est peuplé d'un nombre important de buveurs. Dans la rue, vous ne croisez plus les gens de la même manière. Cette jeune femme en tailleur qui retire de l'argent au distributeur n'est pas tout à fait ce qu'elle paraît. Ce vieil homme qui marche avec de petits pas gourmands, son cabas à la main, va vers une fête solitaire et infinie. Si vous avez l'œil du buveur, vous lirez votre quartier avec une acuité plus grande, particulièrement le dimanche. Le dimanche après-midi ressemble généralement à un lendemain de catastrophe. Aux côtés des familles qui prennent l'air dans les rues dépeuplées, sur les mêmes trottoirs mais dans une autre dimension, dans d'autres couloirs de l'espace-temps, dans des enveloppes charnelles inimaginables pour le commun des mortels, dans des suaires douloureux, passent quelques fantômes que vous connaissez bien. Certains ont réussi à aller se coucher, d'autres pas, et ils montent vers le soir comme vers une aube abstraite.

Pourquoi avez-vous échoué en amour ? Sans doute avez-vous rencontré une personne avec qui vous auriez pu faire votre vie, une fille ou un type un peu fous. C'était il y a longtemps. Vous buviez déjà, mais ce n'était pas pareil. Vous les attendiez sur des balcons brûlants, dans les soirs dilatés. Ils surgissaient avec des retards merveilleux. Vous ne supportiez pas qu'ils dorment, et comme c'était l'été et qu'ils avaient vingt ans, vous les réveilliez. La vie était une aube ininterrompue. C'était une grande fille ou un type un peu violents qui disparaissaient de temps en temps. Certes, vous en avez aimé d'autres, et sans doute plus durablement. Vous ne voulez pas établir une hiérarchie des personnes que vous avez aimées. Vous avez eu des instants glorieux entre vingt et trente ans, et vous croyez qu'il n'y en aura plus.

Le bar est calme, aéré, lumineux. C'est l'été. L'auvent ressemble à un grand parasol maternel. Il y a du vent et quelques nuages, et une musique un peu mystérieuse. Les filles sont belles et lointaines. Il n'y a rien de mieux que les bars à moitié vides, les soirs sans chiffre. Le client de gauche se détache sur la grande baie vitrée avec tout son poids de malheur. Il est malheureux parce qu'il attend une fille fabuleuse, une longue fille très belle qui viendra s'accouder comme un ange ou une grande blessure. Vous n'attendez rien. Le bac des verres palpite comme un bassin de truites dans une vieille montagne. Des représentants d'épaules passent sans rêves. La serveuse allume une cigarette parce que l'amour n'existe pas. Les femmes les plus obstinées, celles qui ont cru pouvoir vous ramener dans le monde, ont renoncé. Vous êtes dans un état proche du bonheur.

Le bar est sombre maintenant. Il y a une musique de lagons impossibles, de lagons non salvateurs. La nuit tombe, mécanique, stupide, invincible. Et les lustres sont pâles et incertains comme la vieillesse et les coupe-gorge. Il y a Jean-Baptiste qui s'accoude. Sa femme l'a chassé comme chaque soir. Ils sont tous les deux alcooliques. Il boit des Suze depuis le matin. Il travaille dans les jardins. Les comptoirs ressemblent à des talus perdus. Talus des vaincus, talus des non heureux, monticules de la soif. Que pouvions-nous espérer ? Quelques verres, quelques sourires, une épaule brune, la corde blanche et salée d'un soutien-gorge. La musique est très belle. Il y a un chanteur avec une voix cassée. S'il n'avait pas la voix cassée cela n'aurait pas de sens. Dis, Jean-Baptiste, est-ce trois litres que nous avons bus et des Suze répétitives ? Jean-Baptiste, rentre chez ta femme et dors ! Mais le bar sent la menthe et la menthe sent le rhum. Pourquoi aller se coucher ? Est-ce que le ciel sentira la menthe ? Est-ce qu'il y aura la couleur verte ? Et nos cœurs seront-ils brisés comme de la glace chanteuse ? Les bars tendent les bras comme des mères horribles. Ils chantent l'absence d'amour. C'est ce que nous voulions. Oh Jean-Baptiste ! allons vers les bars interminables qui ne jugent pas !

Mais maintenant tu pleures sur le comptoir. Pourquoi pleures-tu, Jean-Baptiste ? Parce que tu vas mourir ? Parce que les choses prennent fin ? Tu bois, et l'alcool est une alimentation de larmes. Ta vie est une torture minable. Mais s'il fallait la revivre, avec les mêmes tourments, les mêmes erreurs et les mêmes gouttes de joie, tu irais la lécher sur les lèvres d'un dieu de baraque de foire. Car tu as été mis au monde et tu as droit à la résurrection. Mais bientôt tu vas t'endormir contre une femme imparfaite, dans une odeur de shampoing bon marché. Tu poseras tes lèvres sur des épaules excédantes, tu chuteras les yeux fermés parmi ton astre, et tu n'auras jamais rien eu de meilleur.

Le sommeil ressemble trop à la mort, c'est pourquoi vous allez vous étourdir dans cette petite nuit allumée et braillante. La cave où ronflent les fûts de bière est la crypte où tous les alcooliques du quartier seront enterrés. Vous dites ça au patron et il pousse un grand rire car il a eu la même idée. Son père s'est pendu quand il était adolescent. C'est lui qui l'a décroché. Il tient le registre des morts : *Chacal*, un type de soixante ans, qui venait tous les soirs avec son chien et qui n'a pas voulu arrêter de boire quand il a commencé à être malade ; Boris, un Yougoslave de quarante ans, qui faisait de petits travaux dans le quartier et qui s'est mis à maigrir de jour en jour ; le vieux Dédé qui marchait de plus en plus lentement dans la rue avec ses pieds gangrenés.

Il ne faut jamais arrêter de boire. Le verre vide, c'est la mort. La mère de l'oncle ne boit que de l'eau. Mais quand on parle de mort, elle remplit instinctivement son verre qui est presque plein.

Le patron pousse un grand rire. Comment logera-t-on tout ce monde ? Toute cette dynastie de buveurs pharaoniques et de vies médiocres – car lorsqu'on est sans grandeur, l'alcool nous prête la sienne. Le fonctionnaire qui se travestissait, le peintre fou et raté, la prostituée qu'on portait chez elle tant elle était soûle, le vieux Hongrois bafoué, les brocanteurs assoiffés, et toutes les filles de passage qui s'accoudèrent un soir ?

Le patron pousse un grand rire, car oui, tous autant que nous sommes, c'est là que nous irons quand la mesquinerie prendra fin, et que tout nous manquera terriblement, mais plus que tout l'alcool qui montait par le chemin caillouteux et malmené, par les voies coopérantes et glorieuses du corps dont nous sommes morts.

V

Un corps est une entité entièrement composée de mots. C'est une construction poétique que la science vous révèle en certaines occasions. Examinons un modeste compte rendu de fibroscopie. On y note que l'œsophage présente une muqueuse normale sur toute sa hauteur. Le cardia muqueux est en place à trente-huit centimètres des arcades dentaires. Cette précision glaciale et somptueuse vous éclaire sur ce que vous êtes vraiment, en dernière analyse. Le lac muqueux de l'estomac est clair, et c'est un lac bien plus précieux que le Baïkal. Le lac Baïkal est la plus grande réserve d'eau du monde. L'oncle est une importante réserve d'alcool. Dans les dimanches humains et dérisoires, on vient y pêcher la joie et l'insatisfaction. Il y a des guinguettes et des frites. On y fait du pédalo, les pédalos jaune et rouge avec de petites roues à aubes, vers les ombrages et les rires. Ces charmantes attractions expliquent la masse exubérante du ventre. On peut aussi séjourner dans la région cardiotubérositaire. La muqueuse y est généreuse, que ce soit en vision directe ou en rétrovision. Il y a des campings agréables dans le pylore. Les zones postbulbaires et proximales sont exultantes. On y dénombre sept cents cascades et autant de pinèdes pour les vies passagères. Des randonneurs s'enfoncent dans les odeurs boisées, joie mineure et sage. Des enfants rient. En revanche, tous les guides déconseillent l'antre. Ce volcan présente un aspect érythémateux, avec des plis prépyloriques œdémateux et des érosions disséminées. De même, le bulbe, autre cratère, a un aspect inflammatoire, avec de gros plis congestifs parsemés de lésions érosives. Les guides précautionneux concluent donc à une antrobulbite érosive, en l'attente d'un second examen. Le voici… En ce jour de décembre, jour d'anniversaire du corps qui nous a été soumis, nous avons procédé aux biopsies gastriques antrales telles qu'elles ont été ordonnées. L'étude histologique concerne une muqueuse antrale présentant un chorion œdémateux et congestif, sans infiltrat inflammatoire abondant, et un épithélium de revêtement parfois abrasé. Les glandes sont normales, sans dédifférenciation ni métaplasie ni dysplasie. Nous avons constaté l'absence d'helicobacter pylori. Ce corps, dont nous ne jugerons ni l'angoisse ni l'insatisfaction, ni l'hygiène hâtive ni les pratiques déviantes, est donc atteint dans l'une de ses parties glorieuses d'une gastrite aiguë érosive. Et pour son bon cœur, nous n'avons décelé aucun processus tumoral. Il présente donc peu de différence au regard des autres corps modernes que nous examinons. En l'attente de la vieillesse ou d'un hypothétique jugement dernier, nous ne saurions trop lui conseiller de poursuivre sereinement cette vie faite d'alcool, de tabac, de café et d'angoisse pétillante.

VI

L'oncle consulte un psychiatre. C'est un bon psychiatre. Il ne fait ni miracles ni dégâts. Il est hypocondriaque. Il a arrêté de fumer parce qu'il redoute le cancer. Il est en plein divorce. Quand l'oncle parle, cet homme sympathique suit des yeux ses gestes et ses attitudes. L'oncle lui a demandé pourquoi il faisait ça. Le psychiatre est un comportementaliste : un mouvement des mains, une façon d'occuper l'espace sont des informations précieuses sur votre psychologie. Par exemple, si vous êtes assis au bord du fauteuil, les mains crispées sur les accoudoirs, ce brillant thérapeute en déduit que vous avez envie de partir.

Les comportementalistes ne veulent pas entendre parler de l'histoire de l'individu. Faire l'historique de votre angoisse ou de votre alcoolisme est pour eux sans intérêt. Si vous avez la phobie des araignées, ils n'en chercheront pas la cause, mais vous confronteront progressivement avec une mygale velue. De sorte que vous n'aurez plus peur des arachnéens, mais serez terrorisé par les poils, les coquelicots ou les restaurants japonais. Les comportementalistes tentent vainement de vous hypnotiser. Ils s'obstinent à vous parler de plages. Ils ont tous appris les mêmes litanies dans un séminaire de comportementalistes ou dans un « Que sais-je ? ». Écoutons un comportementaliste : « Vous marchez sur une plage… Vous sentez le sable sous vos pieds… Le sable est chaud… Vous marchez longuement sur la plage… Et pendant que vous marchez longuement sur cette plage, sur ce sable, vous vous concentrez sur votre main droite… » Tandis que la voix monotone récite le catalogue de Nouvelles Frontières, l'oncle observe affectueusement le psychiatre qui somnole. Les comportementalistes ont cependant un grand avantage sur les moniteurs de yoga ou les psychanalystes : ils vous prescrivent des antidépresseurs, parfois avec une petite réticence théâtrale.

La salle d'attente du psychiatre est un endroit très rassurant. Il suffit d'y rester cinq minutes pour connaître un début de guérison. Une femme prostrée sur le canapé ne répond pas à votre salut amical et joyeux. Elle a les yeux cernés et les ongles rongés. Elle va visiblement très mal. Vous vous sentez en pleine forme par rapport à elle. Vous pouvez repartir. Vous n'aurez rien payé. Restez, cependant, et dressez l'oreille. Votre cure se poursuit. Le cabinet du psychiatre jouxte la salle d'attente. Vous entendez des cris, un long silence, puis des larmes. Une femme est en train de craquer. Elle parle dans le lointain. Vous ne comprenez pas ce qu'elle dit. C'est dommage. En tout cas, vous êtes de plus en plus en forme. La porte du psychiatre s'ouvre et vous voyez sortir un attelage curieux : un quinquagénaire maigrichon en tête, puis un adolescent avec un casque de baladeur sur les oreilles, et enfin une femme effondrée. C'est une thérapie familiale. À force de fréquenter la salle d'attente, vous êtes devenu un spécialiste. D'un seul coup d'œil, vous comprenez le problème : le père est pratiquement inexistant, une espèce d'avorton qui doit fréquenter les putes et Internet ; le fils s'est emmuré dans un silence inquiétant au moment de l'adolescence ; la mère au bord du divorce s'enfonce chaque jour davantage dans la dépression. Vous aimeriez leur parler, leur dire que vous avez compris leur problème, et surtout que vous avez la solution : il y a une armurerie pas loin avec de très beaux fusils de chasse. Mais vous vous levez en souriant et saluez votre psychiatre avec un regard complice. « Ils sont très mal en point ! » seront vos premières paroles. Le psychiatre confirme : le fils n'a pas enlevé son casque durant la séance, le père n'a pas dit un mot, et la mère a pleuré, le tout pour une somme rondelette. Décidément, vous êtes en grande forme.

Qu'est-ce qu'une crise d'angoisse ? Une crise d'angoisse classique dure environ deux heures. On croit qu'on est en train de mourir. Ce n'est pas dangereux. Si vous en avez deux ou trois par semaine, vous envisagez cependant de vous suicider. L'angoisse affecte un nombre croissant d'individus, mais tous, heureusement, ne vont pas jusqu'à la crise. L'alcool est un excellent anxiolytique, puis il devient un anxiogène. C'est un facteur aggravant chez un sujet déjà anxieux. Il y a beaucoup de raisons d'être anxieux : les gènes, l'éducation, la vie moderne, des conflits internes insolubles, etc. L'air que vous respirez, les bruits que vous entendez, les scènes que vous voyez chaque jour sont chargés de tensions. Votre chair absorbe une masse grandissante de signaux alarmants. Ce sont les symptômes du monde. Le monde auquel vous appartenez ne va pas bien du tout. Il est stupide, agressif et hostile. Les Français sont les plus gros consommateurs d'anxiolytiques de la planète.

Il y a vingt ans, l'oncle accomplissait à Paris un service militaire idéalement ennuyeux. Il consulta son premier psychiatre. L'affaire commençait mal : c'était celui de sa mère, un vieillard autoritaire qu'elle prenait pour son père, qui avait triomphé virilement d'une dépression nerveuse visiblement causée par une ménopause inacceptable. La première entrevue de l'oncle et de ce grand-père thérapeutique fut houleuse. L'oncle avait vingt-deux ans. Il avait des crises d'angoisse, mais il ne le savait pas. Il était inquiet de ces symptômes nouveaux, diffus, et somme toute terrifiants.

L'oncle supporte difficilement l'autorité, du moins celle qui entend échapper au contrôle de la raison. Il est peut-être désuet de croire aujourd'hui à la raison, mais c'est ainsi. Certes, l'oncle est fasciné par le pouvoir. Mais, précisément, il ne s'agit que d'une fascination. Par exemple, il aime bien, il aime esthétiquement cette parole de Milton : *Mieux vaut être roi en enfer qu'esclave au paradis*.

À vingt-deux ans, l'oncle buvait déjà du whisky. Il avait également tâté plusieurs fois du haschisch. Son nouveau grand-père, qui était juif, lui fit la morale. On ne parla pas de symptômes, et encore moins de cause. Pour l'ancien médecin chef de Charenton, la cause était entendue, et il n'était nullement question de la divulguer. Il aurait pourtant été intéressant d'examiner calmement pourquoi l'oncle avait commencé à boire si tôt. De même, il aurait été sans doute utile de se pencher sur le samedi délicieux qui avait précédé sa première crise de panique : pourquoi, en effet, la cousine lesbienne de sa mère choisit-elle ce samedi pour tuer sa vieille compagne d'un coup de fusil, avant d'orner les murs de sa propre cervelle, ajoutant au désarroi de l'oncle à qui, une heure plus tôt, la femme de ses rêves avait ôté tout espoir ? Mais le grand-père se mit à rugir : « Il ne faut plus toucher à l'alcool ! » Et puis il hurla : « Du haschisch ?!!! » S'ensuivit un cours sur l'étymologie de cette drogue calamiteuse, dont l'essentiel consista en une attaque contre la « Secte des Assassins », malencontreusement composée d'Arabes.

— Ah mais..., fit l'oncle, et mes symptômes ? Et leur cause ?

— Ne touchez plus à une goutte d'alcool ! Cessez immédiatement toute consommation de haschisch !

Un an plus tard, un an de petit enfer fait de vertiges, de malaises incessants, d'angoisse, d'incompréhension, ce savant imbécile lâcha cette phrase magnanime : « Vous avez fait une petite dépression nerveuse. »

L'homme a dû mourir depuis. C'est ce qu'il avait de mieux à faire.

VII

Vue de l'extérieur, la vie affective de l'oncle peut paraître formidable et luxuriante. Mais c'est une plaisanterie. En général, il se trouve à la tête de deux ou trois femmes qui se sont plus ou moins fixé comme but de le rendre heureux, ou mieux encore de le sauver. La plupart du temps, elles renoncent au bout de quelques semaines. Certaines cherchent un reproducteur avant qu'il ne soit trop tard. Beaucoup sont attirées par l'impossibilité de l'amour. Très rapidement, l'oncle leur fait un procès absurde : il leur en veut parce qu'il n'est pas amoureux d'elles. Mais l'oncle n'est pas un monstre. Comme une entreprise qui licencie, il leur propose toujours une solution. Ses petites phrases font chaud au cœur : « Tu devrais rencontrer un homme qui t'aime », ou bien « Je connais un garçon alcoolique et dépressif : je peux te le présenter si tu veux… »

À un moment ou à un autre, l'oncle a droit à des lettres plus ou moins cinglantes, ce qui est bien naturel. S'il pensait qu'elles pussent intéresser le public, il les rassemblerait dans une anthologie et en proposerait une classification. Mais quels critères retenir ? Les lettres vont du petit au grand dépit, de la tristesse à l'agression, des conseils doucereux aux jugements implacables. Plus intéressant, peut-être, est ce principe de classement : lettres avec ou sans support, c'est-à-dire accompagnées ou non d'extraits d'auteurs connus, généralement photocopiés, dont les phrases les plus blessantes sont affectueusement soulignées, extraits censés apporter une caution irréfutable et le poids d'une culture aux attendus d'un jugement sommaire. Car nous prétendons tous corriger des âmes peu héroïques et les élever jusqu'à notre juste appréciation des êtres et du monde. Prenons un exemple. Soit une quadragénaire que nous nommerons la Dépitée. Au courrier du matin, l'oncle, sans doute mal remis d'une de ses soûleries, délicieusement vêtu d'un peignoir sale et troué, reçoit une de ces fameuses photocopies. Il s'agit d'un extrait de *La Condition ouvrière* de Simone Weil, plus précisément un passage de la « Lettre à une élève ». Le combat s'annonce inégal : pas moins de trois femelles sont réunies pour régler son compte à l'oncle. Notons au passage que beaucoup de nos amies ont trouvé en cette exceptionnelle tuberculeuse qui, par solidarité avec l'espèce humaine, se laissa mourir dans un sanatorium londonien en pleine guerre mondiale, une directrice de conscience très sûre, et même un christ orné d'une paire de lunettes et d'un vagin. L'oncle pète pour se donner du courage, le regard un peu glauque. Il se rappelle peut-être qu'au milieu de la nuit, dans un bar tout aussi glauque, il a traité de « conasse » une institutrice qui lui parlait de pédagogie. Mais ce n'est pas sûr. Les nuits des buveurs semblent se passer dans une autre dimension. On se réveille le matin ou l'après-midi avec un doigt monstrueusement enflé, sans se souvenir réellement qu'on a chuté dans un escalier, l'escalier étant le premier ennemi de l'alcoolique, surtout les escaliers des bars qui sont étonnamment sombres et étroits. Mais on a chuté comme en rêve. L'oncle, qui n'est, soulignons-le, qu'un petit buveur, se souvient d'un réveil particulièrement étrange : dans une casserole, visiblement abandonnées en cours de cuisson, des nouilles nocturnes flottaient dans l'eau froide. Jusque-là, rien d'anormal. Mais à la surface de l'eau flottait également un billet de deux cents francs. Et là, l'oncle n'a pas d'explication. C'est à ce genre de détails qu'on s'aperçoit qu'on va vraiment mal, comiquement mal. On en déduira donc que l'oncle se sent incompétent pour juger les autres[1]. Mais revenons

---

1. Sur ces fameux escaliers, l'oncle a composé un début de poème un peu grandiloquent, mais heureusement inachevé :

Dieu est quinze escaliers et des phalanges brisées
quinze bars de nuit

à Simone Weil. L'oncle lit les phrases qui ont été amoureusement soulignées. Voici donc ce que Simone et la Dépitée pensent de l'oncle : « Il y a des gens qui n'ont vécu que de sensations et pour les sensations (...) Ils sont en réalité les dupes de la vie et, comme ils le sentent confusément, ils tombent toujours dans une profonde tristesse où il ne leur reste d'autre ressource que de s'étourdir en se mentant misérablement à eux-mêmes. » À ce moment de sa lecture, l'oncle est censé s'affaler sur le faux parquet de son studio, victime d'un infarctus affectif. Mais arrive le second extrait, tout aussi amicalement souligné par cette femme qui ne contrôle pas plus sa vie que l'oncle ne contrôle la sienne : « La recherche de la sensation implique un égoïsme qui me fait horreur, en ce qui me concerne. Elle n'empêche évidemment pas d'aimer, mais elle amène à considérer les êtres aimés comme de simples occasions de jouir ou de souffrir, et à oublier complètement qu'ils existent par eux-mêmes. On vit au milieu de fantômes. On rêve au lieu de vivre. » Et Simone de poursuivre : « En ce qui concerne l'amour, je n'ai pas de conseils à vous donner... » Dont acte. Suivent quatre ou cinq lignes de la Dépitée, écrites d'une main élégante, attirant l'attention de l'oncle sur sa conduite répréhensible et même sur son abominable personne. Le procès se termine par cette phrase admirable : « Je suggère que nous cessions de nous voir. » L'oncle rote de frayeur. Le verbe « suggérer » appelle évidemment un commentaire. Il ne

---

un mur d'angoisse qui descend avec l'urine
et les sanglots
Dieu attend les alcooliques en bas
dans un tablier graisseux
et monte ouvrir l'aube à coups de poings

Ô muscles
lionceaux gelés
je viens avec du vin de harpe !

C'est le bar des tristesses accoudées

Taureaux sur les hauts tabourets de solitude

présage rien de bon. On sent des reproches qui iront grandissant à mesure que la souffrance augmentera, souffrance que la belle s'épargnerait si elle optait pour une franche rupture.

L'oncle rencontre des filles qu'il pourrait sauver. Ce sont souvent de jeunes sauvages, ivres comme lui à six heures du matin. Certaines se prostituent. Elles parlent pourtant de l'amour et évoquent leur scolarité avec nostalgie. L'oncle est régulièrement sollicité par l'une d'elles. Elle l'appelle pendant les vacances scolaires. Elle a visiblement un important carnet d'adresses d'enseignants. C'est une spécialiste : elle sait à quels moments ils sont vulnérables. L'oncle ne lui répond jamais, bien qu'il ait eu avec elle, dans une aube ancienne et désastreuse, une intéressante conversation sur l'amour et les figures de style : elle connaissait notamment l'existence du zeugme. L'oncle n'aime pas trop la prostitution, non par rigidité morale mais par manque d'argent. Les autres, de jeunes bourgeoises, il pourrait aussi les sauver, mais elles ont peur. Prenons un exemple. Une femme de trente ans vient de s'accouder au comptoir. L'oncle l'aborde d'une voix pâteuse et sympathique. Elle s'éloigne poliment. Elle a bien évidemment tort. Car se mettre en ménage avec un quadragénaire alcoolique, une ruine physique et psychologique, lui éviterait nécessairement une mauvaise surprise : celle de voir le compagnon de son âge qu'elle idolâtre s'avachir à son tour, enfler, péter, suer, roter, perdre ses poils, renverser du vin sur sa cravate, sentir de plus en plus le foie malade, devenir libidineux et agressif, produire du sperme couleur de Kronenbourg, et devenir intellectuellement, en admettant qu'il ait jamais eu un cerveau, un croisement entre l'informaticien et le cadre commercial, le chasseur d'extrême droite et l'écologiste, le taliban et le chimpanzé. Tandis qu'avec le quadragénaire, pas de surprise, le gros de l'ouvrage est déjà fait. De plus, elle n'aura à le supporter qu'une petite dizaine d'années : car parvenu au faîte de sa puissance, affublé d'une quadragénaire cellulitique et proche de la ménopause, d'une merveille érotique ornée de pataugas et de serviettes hygiéniques, le quinquagénaire la laissera tomber pour se tourner à nouveau vers les générations montantes. Mais cette jeune femme ne sait pas raisonner à long terme.

Restent donc les deux ou trois inconditionnelles qui, généralement, se confient ainsi à l'oncle : « Je vis avec un homme que je n'aime sans doute pas. »

Prenons le cas d'Ophélie.

Ophélie avait trente-cinq ans. Elle venait de se marier après dix ans de vie commune. Ce bel événement lui avait subitement révélé une chose cruelle : elle n'aimait pas son compagnon, elle ne l'avait jamais aimé, il n'était pas assez *exaltant*. Ils essayaient méthodiquement de faire un enfant depuis dix ans, mais rien ne venait. Elle était plutôt mignonne, bien qu'elle s'habillât particulièrement mal. Sa culture et son intelligence étaient celles d'un professeur ordinaire. Elle adorait les films de Louis de Funès. Elle en parlait fréquemment. Mais son sujet de conversation favori était l'amour. Elle était plus ou moins tombée amoureuse de l'oncle, en qui elle devinait le mâle fertile et *exaltant* par excellence. C'était le côté éminemment rassurant de l'oncle qui l'avait attirée : les trois bières et les deux kirs qu'il avait engloutis rapidement lors de leur premier pot l'avaient surprise, mais elle avait finalement décidé que ça rendait l'oncle encore plus *exaltant*. Car elle s'ennuyait sauvagement, Ophélie. Profession- nellement et affectivement. Elle envisageait d'ailleurs de quitter l'enseignement et de réaliser un rêve adolescent : devenir vendeuse de cosmétiques au rez-de-chaussée des Galeries Lafayette. Notons au passage que beaucoup d'enseignants rêvent de quitter leur métier au bout d'une quinzaine d'années. L'oncle, qui enseigne depuis peu, est quant à lui ravi de sa nouvelle et charmante occupation. Revenons à la nymphomane. Tomber amoureuse d'un enseignant avait dû lui apparaître comme une solution miraculeuse. L'oncle arrivait à point nommé. L'austère lycée devint soudain un palais oriental hanté par un ténébreux sultan alcoolique. Elle se mit à sécréter des fantasmes professionnels. Elle voulait assister aux cours de l'oncle, par exemple. « Comme une petite souris » disait-elle. Elle était en effet très discrète et d'un grand raffinement. Elle s'approchait de lui et criait dans son oreille : « Tu sais, j'ai toujours une culotte de rechange sur moi, parce que quand je te vois... » Ou bien elle s'allongeait sur une banquette en pleine salle des profs et lançait ingénument : « T'as pas envie de me culbuter, là, maintenant ? » L'oncle était un peu gêné. Ce n'étaient cependant que des propositions verbales. Comme l'oncle lui avait sympathiquement avoué qu'il n'était pas tout à fait amoureux d'elle, elle refusait de coucher avec lui. Elle dormit pourtant une fois chez lui, consentit à lui montrer sa nudité, et le repoussa farouchement quand il enfonça un doigt élégant dans quelque chose de mouillé. L'oncle refusa prudemment de violer Ophélie. Au fil des semaines, il l'évita de plus en plus. Elle déposa encore dans son casier des messages à la fois enflammés et creux. Dans un dernier élan, elle lui proposa « une fellation en salle 209, sous le bureau ». Pour son anniversaire, précisa-t-elle. Puis ils s'évitèrent totalement.

Eût-il éprouvé quelque sentiment pour Ophélie, l'oncle serait actuellement père de famille, mangerait de la soupe, regarderait des films de Louis de Funès, et baiserait activement avec une névrosée dans des salles de classe désertes.

La vie nous fait croire désormais que nous pouvons nous séparer des personnes et aimer à profusion. C'est bien sûr faux. Aimer est exceptionnel. Ne pas aimer est la règle. Accepter cette règle devrait donner un début de bonheur.

Pourtant, nous sommes tous plus ou moins dans la plainte, mais qui s'y adonne est accusé de complaisance. Regardez autour de vous : les souffrances affectives se multiplient, les clubs de rencontres s'enrichissent. Ils maintiennent l'illusion de la rencontre dans le cœur de ceux dont la vie sociale ne favorise pas les rencontres. Celui qui ne connaît pas de difficultés dans l'art dérisoire de l'abordage sait que le problème n'est pas là : il multiplie les rencontres, et plus il les multiplie moins elles le satisfont. Les cœurs circulent de lit en lit comme des billets sans valeur. Couples qui mijotez en silence ce que vous croyez être le grand salut de la séparation, qui pensez que l'amour, le vrai, prolifère autour de vous comme autant de corps dans un catalogue, dont seul votre conjoint vous empêche de tourner les pages, détrompez-vous : autour de vous règne le terrible marché de l'absence d'amour.

Sans préjuger du destin et des déceptions de chacun, il y a ceux qui ont compris vite que l'amour était la question centrale, ceux qui peu à peu l'ont admis, et ceux qui ne l'admettront peut-être jamais. Les vies se construisent et se défont selon cet axe. L'oncle appartient plutôt à la seconde catégorie. Et, en première approximation, il est celui qui, assoiffé, déchire la terre avec ses ongles à la recherche de la source avant qu'il ne soit trop tard. Mais cette source n'est jamais que lui-même, et elle est inaccessible.

On ne cesse pas d'aimer ceux qu'on a aimés. Mais de personne en personne, de pièce en pièce, on voudrait croire que peu à peu on reconstitue un puzzle, et qu'un jour un visage apparaîtra. Et l'on n'aura plus besoin de chercher. Mais en fait d'image totale nous n'avons que la dernière, et elle n'efface pas les précédentes. Aucune figure n'est oubliée, aucune ne nous retient. C'est ce qui fait que notre vie n'est pas une succession d'échecs, mais une construction incertaine entièrement vouée à l'amour.

Des guerres se livrent, solitude contre solitude. Des blessés affrontent d'autres blessés, et l'amour est l'enjeu. Ce qu'on reproche à l'autre, ce n'est pas qu'il partage avec nous la même blessure, c'est qu'il ait trouvé les mêmes remèdes. L'amour, c'est quand chacun croit que l'autre a trouvé un remède différent, et qu'il va le guérir. Mais la plupart du temps nous luttons contre des êtres qui nous ressemblent trop, qui souffrent autant que nous, ce en quoi ils sont invincibles.

VIII

Personne ne peut durablement vivre en couple. Ceux qui y parviennent ne sont pas des saints optimistes, mais des êtres profondément dépressifs. Voilà une certitude sur laquelle on peut se reposer tranquillement, et dont on peut espérer une conduite lucide, qu'elle soit positive ou négative.

En dix ans, l'oncle a fait deux tentatives de suicide affectif. Qu'est-ce qu'une tentative de suicide affectif ? Elle se caractérise d'abord par une durée anormalement longue. Si l'oncle regarde sa propre vie – sa dernière décennie –, il se trouve en possession d'un mariage bizarre avec une intéressante Polonaise, d'une durée d'environ quatre années, ce qui pour lui constitue un record. Sa seconde tentative – une femme divorcée dotée de trois enfants et d'une agréable terrasse – a duré presque autant, mais elle a été agrémentée de nombreuses séparations.

On en déduira donc que les tentatives de suicide affectif les plus parfaites occupent la vie entière de deux individus au départ normaux. L'oncle ne peut s'empêcher de citer les propos révélateurs et délicieusement – ou lucidement ? – naïfs de ces grands suicidaires, propos qui valent aussi bien pour eux-mêmes que pour les victimes consentantes qu'ils harponnèrent en des temps fort anciens, victimes dont ils ne se souviennent plus, croyant généralement vivre aux côtés d'un fantôme, d'un outil usé et encombrant. Le premier propos fut entendu par l'oncle à la table familiale, et il est l'œuvre admirable de sa mère, qui déclara allègrement devant ses enfants et son mari atteint de surdité : « Si je n'avais pas rencontré votre père, j'aurais acheté un caniche. » Le second est plus connu – on en trouve trace chez Freud –, et fut rapporté à l'oncle par son meilleur ami, dont la grand-mère, évoquant son mari et elle-même, répétait régulièrement : « Quand l'un de nous deux mourra, j'achèterai une télé. » Il n'échappera à personne ce qu'ont en commun ces propos, et notamment ceci : dans les deux cas, le compagnon d'une vie est un divertissement ; il est entièrement contrôlable ; et il est interchangeable, puisque les espérances de vie d'un caniche et d'un téléviseur sont identiques.

Le suicide affectif consiste donc à rester longuement avec un être qui ne nous apporte que très peu de satisfaction. Au mieux, on discutera avec lui du menu du soir en faisant semblant d'en retirer une joie enfantine. Il vous écoutera parler de vos passions, ou plus modestement de votre travail, avec un sourire forcé, ressassant en secret la même question que vous : Quand vais-je le quitter ? Au mieux on aura été amoureux quelques semaines ou quelques mois. On l'utilisera de temps en temps comme un outil sexuel dont on retire parfois, de façon hasardeuse, du plaisir. Et chacun se dira que la raison de son insatisfaction est que l'autre l'aime au rabais.

IX

Elle est retournée en Pologne. Ils ne se sont pas vus depuis plusieurs années. Elle téléphone de temps en temps. Elle a toujours sa voix un peu triste et amusée. Sa voix d'exilée sans rémission, avec des étendards tordus dans le soir de là-bas. Elle téléphone à son ancien mari. À un échec que lui seul comprendra. À la France. À Paris. À Barbès. Aux années passées dans les rues sales, denses, épicées. Il revoit alors la grande silhouette rousse, et l'échec siffle à nouveau dans le sang, avec les corbeaux noirs de Varsovie comme des caillots inguérissables, la place du Peuple, les tramways, le froid, la neige immense. Et il faudrait pleurer, car lorsqu'on a si mal aimé la blessure est une fleur éternellement ouverte.

L'oncle n'est pas un voyageur. Quelques séjours convenus dans une Europe riche et sans blessures. Et puis il y a la Pologne. C'était deux ans après la chute du mur de Berlin. Le premier voyage d'hiver de l'oncle est presque un conte de fées. Qu'on lui pardonne ses inventions, ses enthousiasmes hyperboliques.

Pour aller à Varsovie, le train met vingt-quatre heures, puis il s'enfonce dans la Russie obscure. L'enchantement commence dès la gare du Nord : trois heures de retard vous plongent tout de suite dans un autre monde, nonchalant, incompétent et raffiné. Le train est à l'écart comme sur une voie honteuse. Quand vous l'apercevez, vous comprenez aussitôt que c'est votre train, le train qui va à Varsovie, puis vers l'Oural et les horizons amassés. Au moment des fêtes de Noël, les exilés retournent vers les familles enneigées. Vous vous demandez comment les bagages tiendront dans les compartiments, tous ces objets de luxe issus des Prisunic, des banlieues sanglotantes. « On s'arrangera, on s'arrangera ! » vous dit l'épouse. Elle est un peu anxieuse. Elle porte le grand sac des cadeaux à deux sous, les trésors d'Occident. Sa famille est pourtant minuscule. On meurt beaucoup en Pologne. Bien plus qu'en France. Ses parents sont morts. Restent une sœur, un beau-frère, des enfants. On a acheté du vin presque cher. On éblouira tendrement tout ce beau monde là-bas dans la nuit. Vous passez en silence devant les wagons russes. Les wagons russes sont des épaves grisâtres, étourdissantes. Heureusement, vous n'y montez pas. Vous voici devant un wagon polonais flambant neuf. L'épouse se méfie. Elle flaire une erreur luxueuse. Elle a connu l'état de siège dix ans plus tôt. Il faisait cinq degrés dans la cuisine, la pièce la plus chaude d'un petit appartement d'État. À l'époque, sa mère vivait encore et traversait Varsovie à pied dans un hiver tout noir. Elle a raison. Il n'y a aucun chauffage dans le wagon moderne. L'oncle est de plus en plus ravi. Le cœur flamboie, la cervelle est aimantée vers ce pays comme vers une haute bougie vacillante.

Ils montèrent donc dans un wagon glacé, dernier-né des usines « À la vôtre ! ». Des voyageurs armés de tournevis s'affairaient autour du radiateur central. Le chef du wagon était déjà ivre. Il vendait des montres russes, de l'alcool, des places à moitié prix, toutes sortes de choses. « Allez voir le conducteur de la loco ! » Le conducteur sentait la vodka. « Nul n'est parfait... » fit-il langoureusement. Et puis il y avait le wagon russe dont les essieux étaient bloqués. Le problème des radiateurs était mineur. Une erreur des ingénieurs. Il était dix-sept heures. Il fallait bien attendre encore deux heures avant de partir. Le conducteur fit circuler sa bouteille et prit soudain une guitare. On chanta donc d'âpres ballades sur la bataille de Stalingrad et le camarade von Paulus, et puis « Dans un troquet de Gdansk » : *Dans un troquet de Gdansk / Ah ! mon vieux frère ! / La milisk est venue...* Les autres quais bavaient, ceux de Sarcelles et de Belgique, partant à l'heure, pas pour le froid. Vers dix-neuf heures, l'autorité ferroviaire mit fin au scandale. Le conducteur, on le hissa dans la loco. Tout le métal s'ébranla, les âmes soûles, tout, vers là-bas, vers les heures et les heures, aspiré, vers les pays de cuir et de corruption.

Dans les compartiments glacés, on fit connaissance. Il y avait un couple laborieux et vieilli. Les exilés parlent peu. Ils méprisent les Polonais restés au pays, ils se méfient des Français, et entre eux ils sont très peu tendres. On les comprend : c'est des générations perdues. L'épouse de l'oncle aussi, ce beau pur-sang triste, était réticente. Mais tout le monde finit par sortir une bouteille. Les exilés s'échauffèrent. Mal syntaxés, les exilés. En vingt ans d'Hexagone, cinq cents mots cousus sauvagement à coups d'infinitif. Mais ça suffit. Trop de mots à l'ouest, beaucoup trop. Cinq cents suffisent. Le corps fait le reste, les larmes, les grimaces, les sourires maladroits.

Le train stoppait illicitement en rase campagne. Des trafics commençaient. Après trois heures d'attente dans les betteraves de France et de Belgique, le Polonais des champs monte dans la locomotive tout confort : couvertures, mousseux de Hongrie à volonté ! Toute la nuit la guitare tonna, là-bas, en tête. Dans les pays, on pénètre par la musique, c'est comme goûter le sang.

L'oncle était un peu ivre. Le couple travailleur sortait des bouteilles innombrables. On entama la réserve des bouteilles françaises.

Puis on entra dans l'Allemagne peu plaisantante. Il y eut des policiers à cheveux longs. Les policiers à cheveux longs sont les plus dangereux. Les photos de leurs grands hommes, ils les affichent à la frontière, avec les récompenses. La délation, les baisers de Judas fonctionnent encore très bien là-bas. « Moi terroriste ! » hurla Wyborowa, un vieux Polonais qui avait connu charnellement les nazis tout en buvant la haine des Juifs à la mamelle de sa jolie mère. Les Sans-Souci le tabassèrent comme en rêve. Nous, fils des Lumières et de l'État français, fantomatique génération du confort, il va sans dire qu'on manie l'Allemand avec doigté : « Holà, camarades de la CEE, magnifiques amis du marché unique, sublimes cogérants de la filiale européenne ! » fit l'oncle en brandissant l'American Express. « C'est un vieux Polak, un vieux Polak… » Les crosses rêveuses, les crosses non sanglantes s'évanouirent dans un ciel cendreux. On repartit.

Dans l'Allemagne orientale, patrie de Bach-le-collectiviste, le train fut attaqué par on ne sait qui, mais pas des démocrates. Armés de sabres, les Polonais se comportèrent magnifiquement.

« La neige ! la neige ! » cria soudain l'oncle.

La neige aux griffes de vodka blanche. Et des bouleaux à l'infini comme des larmes droites. Et l'énorme canalisation tout au long de la voie avec l'eau chaude quinquennale.

On les perdit les uns après les autres, dans de petites gares en bois, les exilés. Ils disparaissaient avec des lambeaux de famille, à bord d'autos minuscules, sanglotant, vers des fermes.

On arriva enfin dans l'immense gare centrale. Il y avait une panne d'électricité, des bougies frémissantes. Décidément c'était très bien. L'épouse marchait en tête, nerveuse et un peu ivre, avec la peur de l'Est qui revenait. Une peur énorme, fantomatique, inguérissable. « Fais gaffe à tes zlotys ! » hurlait-elle dans le hall sombre, patibulaire et panslave. Mais l'oncle était ravi, tout en éveil malgré vingt heures de vodka fluette. Au loin, un géant et une brunette firent des signes adorables. Ils étaient coiffés de casquettes en ourson synthétique. Le mari français fut jugé très sympathique. *Très sympathique.* L'oncle et le beau-frère parlèrent une langue bizarre, faite de latin, de mauvais anglais, et de bonne volonté. On s'entassa avec des rires d'hiver dans une Fiat 500, on ne sait trop comment, lancée à fond sur un boulevard immense et enneigé, dans Varsovie la gigantesque. Il faisait moins vingt et les santés étaient éclatantes. C'était le soir de Noël, le jour où le Christ naît parmi des tonneaux de harengs et de vodka.

On fut bientôt dans un trois pièces surchauffé, dans des odeurs de réveillon, de cuisine rude et bonne. La télévision avait des chants prolifiques et des sapins qui accouraient. Là-bas, Noël est une affaire sérieuse.

La vodka torrentielle et variée se vend dans des bouteilles avec des capsules, de sorte qu'il faut la boire toute. Au bout d'un certain temps, la grande question de l'identité se simplifie : on devient quelque chose par où passe, fluvial et transcendant, le liquide incessant. À ce jeu-là, l'oncle se montra plus Polonais que tous les Polonais. Ah, était-ce le pays rêvé, d'alcooliques établis et de l'incompétence raffinée ? !

Le lendemain, sur la neige bordée d'architectures sociales, apparurent les corbeaux volumineux. Ils rappelaient l'enfance, quand l'oncle allait dans une région de silos. D'une manière générale, tout rappelait l'enfance, la France des années soixante avec ses magasins et ses autos sommaires. Là-bas, on pouvait lire leur avenir passionnant, s'ils n'y prenaient point garde : ils allaient se mettre à bourrer leur pays d'objets de plus en plus futiles, comme l'avaient fait peu à peu les ancêtres de l'oncle avec l'aide des Épiciers-Unis.

Ils allèrent voir des amis. Le mari était ingénieur. Il avait un très bon salaire, trente millions de zlotys. Il dormait à moitié. Il travaillait quinze heures par jour. Il reconstruisait la Pologne. Il était équipé d'une pondeuse, une inactive professionnelle. Ils avaient une fillette. Il lui manquait un poumon. Elle toussait dans le lointain. La pondeuse, admirative, regardait l'oncle. Elle le prenait pour un professionnel de la consommation. Elle voulait apprendre ce beau métier. Elle accumulait les revues françaises. Elle avait décoré l'appartement selon les concepts occidentaux les plus récents : beaucoup de blanc, beaucoup de vide. Ils travaillaient à un second enfant. Avec deux poumons. Dans tous les pays, les embryons excitent. Les catalogues, les plans d'épargne logement, les projets d'agrandissement se multiplient. Le futur, bien mieux dans les limbes, il ne se rend pas compte tout ce que ça représente d'investissement affectueux et commercial, qu'on lui fera payer en monnaie de névrose.

L'oncle se sentait investi d'une mission rétrograde. Il faisait l'éloge de la rudesse, des vieux tramways, des épiceries sommaires, des marchés sombres et des bières tchèques. Chômeur en France, il était ici millionnaire et invitait tout le monde. Son enthousiasme agaçait. Il rétorquait : « Amis, que faut-il à l'homme ? Le strict nécessaire. Commençons par le cochon, la bête universelle des peuples de bon sens... » L'apologie du cochon se poursuivait dans une charcuterie, avec cent grammes de vodka rouge, celle qui fait bander. L'oncle montait sur un tonneau et haranguait : « Amis, regardez-nous, qu'avons-nous fait en cinquante ans, pendant que vous étiez dans la gueule de l'ours ? Deux inventions formidables : la télécommande et le protège-télécommande ! » L'exemple était mal choisi, puisque là-bas, floraison furieuse, second *Printemps de Prague*, sur tous les toits et les balcons, comme à Barbès, les antennes paraboliques se multipliaient. Les télés fonctionnaient jour et nuit, grande lueur à l'ouest, Babel, surtout la langue allemande. Le voisin réunifié, vieille connaissance, revenait. Une puissance de feu impressionnante, un tir de publicités incessant, trois divisions campées dans les foyers aux zlotys nerveux. Dans ce jeu d'adultes, l'Hexagone restait humainement minable : une armée très modeste, une seule division, en spots peu équipés, TV5. Voilà comment on perd un marché.

Le soir, ils étaient magnifiquement alcoolisés mais en pleine santé. Le froid est une invention de grands buveurs. Il chasse d'un coup les gueules de bois. Le soir, donc, les choses sérieuses commençaient, un grand dialogue avec le froid, l'alcool et la politique.

Le beau-frère, vingt-sept ans, était déjà porte-parole du ministère de la Défense. Une jeune génération libérale et très chrétienne commençait à prendre les places des aînés honteux. Il avait écrit un livre sous un pseudonyme. Il traquait les passés louches. Le président électricien était plus ou moins accusé d'être un ancien agent soviétique. L'oncle émettait des propos naïfs et sacrilèges sur la grande idée communiste, mais l'entente régnait entre les beaux-frères dans un sabir souriant. L'incompréhension linguistique est source de pensées simples et affectueuses. Personne ne blesse personne. Avec la compréhension mutuelle naissent les fâcheries et les guerres. Des journalistes, des amis de toutes sortes défilaient dans le trois pièces effervescent, dans l'utérus chaud et festif. En une semaine, l'oncle eut l'impression de connaître tous les Polonais de Pologne. On le présentait comme un Français. Cela suffisait. L'oncle, chômeur millionnaire, envisageait sérieusement de se fixer au pays des consonnes, sur cette grande terre blanche où les anges brûlent et boivent. Après la collation du soir, on allait par les voies neigeuses vers des appartements en bois, avec les gâteaux au pavot, les salades fortes et le Saint-Sacrement, le sac en plastique où chantaient dans la nuit, serrées l'une contre l'autre, les bouteilles de vodka gelée, et bientôt elle coulerait dans les gorges comme un baiser d'ours incestueux, dans le délire de la joie, dans une fête altruiste où la mort reste longuement à la porte avant qu'on ne la prenne en pitié.

Et il y eut le couronnement du réveillon dans un palais palpitant, le siège du parti où militait le beau-frère.

On alla le matin dans le stade brumeux, l'immense marché circulaire, un œil de neige et de tristesse. Les bandits et les pauvres réunis y vendent des icônes volées, des boîtes de caviar, des uniformes russes, et des objets risibles et misérables pour les cœurs de compassion. Quelques marchands rusés commençaient pourtant à faire fortune comme de vraies fripouilles occidentales. L'endroit était dangereux, selon l'épouse. Tous les lieux étaient dangereux à Varsovie, selon elle. Même le cimetière où était enterrée sa mère. Le plus grand cimetière d'Europe est une forêt pleine de voleurs aux doigts de velours. Les ouvriers qui l'ont construit sont enterrés à l'entrée, à côté d'une église en bois. Ils y étaient allés la veille. Il faisait déjà nuit. Des millions de bougies tremblotaient sur les tombes. C'était magnifique. L'oncle guettait des voleurs improbables derrière les arbres noirs. L'épouse angoissée ne trouvait plus la tombe de la mère dans le cimetière immense. Une jeune cancéreuse morte à cinquante-huit ans derrière un paravent d'agonie, dans un hôpital corruptible. Elle avait acheté le paravent au médecin, et il était déchiré. Et elle ne trouvait plus la tombe. L'oncle aurait bien voulu la connaître la mère, au moins pour lui dire qu'il s'engageait solennellement, avec une voix de désespoir et de chien, à donner du bonheur à sa fille. Un bonheur que la mère avait très peu connu en cinquante ans de communisme. Elle avait ouvert les yeux un instant, regardé la Vistule ténébreuse, et elle était morte. Avec de la neige dans le cœur. Avec le souvenir vague des lacs de juillet, quand elle allait en Mazurie avec ses filles.

Au marché du stade, carrefour de trafiquants rusés et de populations malheureuses venues de plus loin que la Pologne, au milieu des objets sans valeur, coquetiers en bois, saladiers en plastique et casseroles pitoyables, au milieu des trésors bradés, des fourrures d'astrakan, des icônes de Russie, l'oncle millionnaire flairait les bonnes affaires, retrouvait l'âme primitive et exultante du marchand. Il n'était pas le seul. Des touristes médiocres négociaient les boîtes de caviar et embarquaient les icônes. Il acheta à des Russes aux yeux bridés une toque en renard, cent francs, trois cent mille zlotys, une fortune. Il ne la porta qu'une fois, un Polonais ivre l'ayant traité un soir de « pute tatare ». Devant un stand d'armes et d'uniformes russes, il s'arrêta longuement. Il avait soudain envie de monter sa propre affaire, l'oncle, le descendant de fonctionnaires austères. Il voulait lancer la mode des décorations russes, ces brochettes multicolores et innombrables qu'avaient portées les militaires. Il envahirait le marché français du prêt-à-porter féminin. Les règles du commerce sont souvent simples : il faut un pays riche et un pays pauvre. L'épouse l'écoutait distraitement, les décorations lui rappelaient de mauvais souvenirs. Elle finit par accepter d'en porter sur sa veste en guise de broche.

C'est ainsi qu'ils entrèrent dans le palais libéral, le soir du réveillon, la rousse magnifique avec ses décorations provocantes, l'oncle avec sa tête de demi-juif. Il y eut une légère réprobation dans les regards. Une descendante de la Pologne éternelle portant le symbole de l'envahisseur, mariée à quelque chose qui ressemblait à un rescapé des parcs d'attractions polonais, c'était un peu choquant. Mais le beau-frère savait y faire. Le ministre de la Défense leur serra chaleureusement la main. Et l'oncle put aller gambader vers des verres multiples. Il parla avec de belles Polonaises, amoureuses de la France, dans le palais étagé. Puis vint minuit. On se retrouva sur des terrasses qui surplombaient la neige incontournable. Il faisait moins vingt. L'oncle était en sueur parmi tant de corps heureux. C'était un vrai réveillon avec un feu d'artifice, dans un pays redressé. Chacun tenait un verre ou une bouteille et embrassait des bouches, sous le ciel griffé. Chacun avait lutté et triomphé. Il y avait une vraie joie, et puis la nostalgie des années de lutte. L'oncle repéra la grande silhouette rousse. Ils s'embrassèrent longuement, oubliant un instant qu'ils ne s'aimaient sans doute pas.

L'année suivante, l'oncle revint à Varsovie. Ce n'était plus pareil. En un an, déjà, des commerces plus prospères avaient fleuri, les voitures étaient plus nombreuses et plus chères. Et puis l'effet de la joyeuse surprise avait disparu.

D'année en année les investisseurs ont dû progresser là-bas. L'oncle imagine des passants dans le soir avec des téléphones portables. La Pologne va entrer dans la Communauté européenne. Seule reste la neige.

X

Examinons de plus près une tentative de suicide affectif.

Le mariage est un acte plein d'allégresse. La République française vous aide activement à le préparer. Elle s'associe à votre joie. Elle fait preuve d'une légèreté administrative inhabituelle, presque euphorique. En réalité, elle considère les époux comme des lapins qui s'apprêtent à procréer et à perpétuer la paix sociale. Rien de plus simple, en effet, que de se marier. Quelques formalités banales, rapides et peu onéreuses. En un mois, tout est réglé. Cette simplicité étonnante contraste avec la lenteur, la lourdeur et le prix du divorce qui s'ensuivra nécessairement. Il est en effet plus facile de souscrire un contrat d'abonnement que de le résilier. Le mariage, qui est un abonnement plus ou moins long, n'échappe pas à cette règle. C'est un produit que l'État brade un jour d'été et qu'il ne reprend qu'avec beaucoup de réticences.

Un livret de famille est un bel objet avec une couverture douce comme du velours. Son format lui confère un aspect solennel indéniable. On y trouve des prévisions agréables : les extraits d'acte de décès de l'époux, de l'épouse et de leurs huit enfants. Un livret de famille normal se résume à deux formules essentielles : « Les futurs conjoints ont déclaré l'un après l'autre vouloir se prendre pour époux et nous avons prononcé au nom de la loi qu'ils sont unis par le mariage. » et « Mariage dissous par Jugement de divorce rendu le… » La seconde formule est nettement moins grandiose que la première. C'est un simple tampon qu'un employé municipal dépressif appose avec un soin maniaque. Les employés municipaux sont généralement des vieux garçons, des vieilles filles ou des handicapés mentaux que l'Administration est obligée d'accueillir. Ils sont visiblement recrutés selon deux critères : leur lenteur et leur belle écriture. Cette joyeuse troupe vit huit heures par jour dans un bureau au milieu de plantes chétives. Il y a sûrement des luttes de pouvoir mesquines mais indécelables. Le bureau de l'état civil est le plus amusant de tous. On y trouve un guichet séparé des autres par une petite cloison. On peut, si on le désire, aller y déclarer un mort ou deux. Le risque d'erreur est vraisemblablement minime : déclarer un décès au guichet des naissances, ou inversement, est sans doute assez rare. Cela dit, la cloison ne garantit pas la confidentialité. Pendant que vous déclarez calmement le décès de Noémie, un père surexcité claironne la naissance du petit Kévin de l'autre côté de la cloison C'est énervant. Il faut se méfier des cloisons. Par exemple, dans les peep-shows. Il n'y a aucun rapport entre les bureaux d'état civil et les peep-shows, si ce n'est précisément *le problème de la cloison.* Les salons individuels des peep-shows sont alignés les uns à côté des autres. Les cloisons qui les séparent sont très minces. Ils sont plus chers que le peep-show ordinaire mais plus décevants. Une employée un peu vulgaire est assise en face de vous. Chaque client a la sienne. Elle mâche un chewing-gum. Ses bas sont troués. Il y a une glace sans tain entre elle et vous. Vous pouvez lui parler, elle aussi. La glace est censée préserver votre anonymat. Cependant, quand vous vous asseyez dans votre petit salon individuel, elle vous dit : « Tu as le type juif, toi ! » Son sexe est presque sous votre nez. La conversation s'engage. Elle a très mal à la tête : « Oh là là ! Qu'est-ce que j'ai mal à la tête, mon chou ! » Vous compatissez. Elle fera quand même un effort. Elle s'enduit deux doigts de salive et commence à frotter machinalement son sexe irrité. Elle regarde sa montre, mâche son chewing-gum et poursuit une conversation presque mondaine : « Alors mon chou ! tu fais quoi dans la vie ? » demande-t-elle en se grattant le pubis. Vous vous apprêtez à répondre que vous êtes étudiant à Sciences-Po, mais votre voisin vous devance. Vous apprenez qu'il est informaticien. Il pousse un grand râle. Votre hôtesse ramasse son slip et s'en va. Il faut se méfier des cloisons.

Pour réussir un mariage normal, la recette de l'oncle est infaillible. Vous rencontrez une Polonaise dépressive en juin et vous l'épousez en septembre. Toute autre étrangère, à condition qu'elle soit dépressive, fera également l'affaire. Vous avez trente ans. Breton parle d'une créature qu'il a aimée comme de la plus belle et de la plus triste femme du monde. Vous aussi, un soir de juin, vous tirez le gros lot, une fille extraordinairement belle et d'une tristesse aussi incalculable que la vôtre. Bien sûr, elle n'est absolument pas votre type. Vous aimez en général les femmes un peu vulgaires, celles qui portent des strings par désespoir, les salopes métaphysiques, celles que Dieu a créées en dernier un samedi soir dans un bouge et qui rendent la planète presque supportable – car Dieu, comme tous les travailleurs du monde, Dieu qui a fait l'homme à son image, est nécessairement allé chercher la boisson dans la nuit de samedi à dimanche –, ces filles qui se débattent avec des reins d'huile et de mépris, parce que plus que toutes les autres créatures elles voulaient rester incréées.

Ce soir de juin, comme tous les autres soirs de la terre, vous étiez parti en quête d'une aventure sans suite. Or, dans un vernissage, un de ces vernissages qu'il faut absolument fuir, vous parlez avec une fille aristocratique, d'une beauté non perverse. Vous la trouvez objectivement magnifique, mais ce n'est pas votre type de femme. Malheureusement, vous ignorez à cet instant qu'elle est votre future épouse. Mais les âmes aléatoires se rencontrent tôt ou tard dans le cosmos amoureux, sur des planètes étroites comme des bouées, après un long vide. L'exposition d'art conceptuel que vous êtes en train de visiter et les sept coupes de champagne que vous avez bues vous ont peut-être vidé la tête, dans cet hôtel de Sully grand et désert où quelques Polonais gravitent. L'artiste qu'on vous présente est une créature massive au sexe indéfinissable. Ses cheveux sont jaunes. On dirait un épouvantail. Il tient des propos énigmatiques. Il fait régulièrement des séjours en hôpital psychiatrique.

Qu'est-ce que l'art conceptuel ? L'art conceptuel exerce-t-il une influence sur les mariages mixtes, sur les rencontres entre les âmes perdues ? Ou n'y a-t-il aucun rapport entre l'art conceptuel et les mariages, comme entre les peep-shows et les bureaux d'état civil ? Examinons quelques œuvres conceptuelles… Soient trois rectangles de couleur ocre, disposés verticalement, et contenant chacun un rectangle blanc plus petit : à l'intérieur de chaque rectangle blanc, on trouve une courte inscription de la main de l'artiste : « salé », « peu salé », « pas salé ». Un peu plus loin, vous videz lentement votre huitième coupe de champagne devant une nature morte. C'est une photographie dont le fond est totalement noir, sur lequel se détachent un squelette de dinosaure en plastique et trois corbeilles contenant des cerises. On parle polonais à vos côtés, la tête tourne agréablement dans un vertige de consonnes chuchotées. Arrive une pièce maîtresse que nous nous permettons de reproduire, pour la raison qu'elle a certainement joué un rôle dans les préparatifs inconscients des brillantes noces de l'oncle :

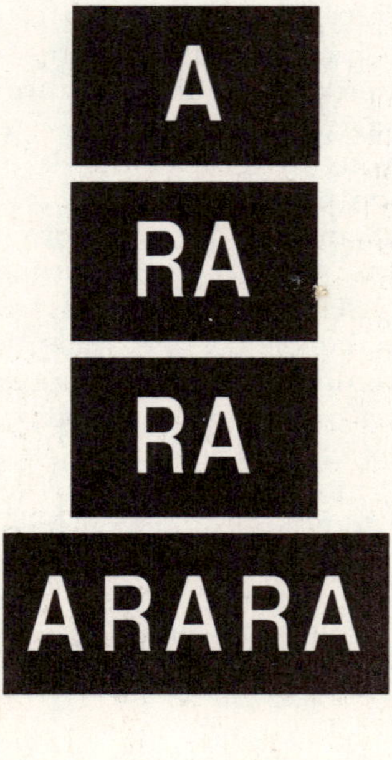

L'hôtel de Sully est grand et sombre. Les inscriptions énigmatiques se multiplient dans la dernière lumière de juin, dans la lumière conceptuelle du mois agenouillé : « *Les asperges peuvent être parfois* BEET », « *Le lieu aurait pu être un filet* », « *les Suisses racontent souvent des histoires de cheminée quand ils sont entre eux* », etc. Il est évident que ce sont des signes envoyés. « BEET », par exemple, est le tétragramme du Dieu redoutable. BEET a extrait de France et de Pologne les deux âmes inconciliables et organisé la rencontre. Mais vous êtes aveugle car vous ne voulez pas voir. Votre mariage est imminent. Des Polonais mystérieux passent avec des sourires d'annonciation. Ils parlent entre eux à voix basse et vous montrent du doigt. Ils cachent à peine leurs ailes sous des parkas synthétiques et étriqués. La grande rousse virginale, votre future épouse, la femme sans string, sourit d'une manière indéfinissable et moqueuse près d'une haute fenêtre, et vous demande : « Vous aimez cette exposition ? » Mais vous répondez : « Qui est BEET ? Est-ce BEET qui vous envoie ? » – avec la sainte peur d'un désert sexuel annoncé. Elle fait semblant de ne pas comprendre. Elle pousse même le vice séraphique jusqu'à vous tourner le dos quand vous vous écriez : « Êtes-vous donc BEET ? ! » Et vous ne voyez plus que sa chevelure, un éblouissant torrent de carottes où nagent des angelots moqueurs. Elle regarde maintenant ce qui semble être l'œuvre majeure de l'exposition. Il s'agit visiblement d'une crucifixion conceptuelle. Sept panneaux orange alignés horizontalement, surmontés d'un grand carré orange contenant un cercle noir. Ce cercle noir est certainement une représentation de BEET, le dieu des mariages inexorables. À l'intérieur des sept rectangles est répété le même mot : « fichu ». Il est encore temps de fuir. N'aviez-vous pas repéré une brune perverse, une porteuse de string, un triangle non conceptuel dans cette Nuit des Galeries d'Art ? – car tous ces lieux spirituels, ce soir de juin, veillaient dans la ville des œuvres majeures. Il est encore temps de fuir. Vers un vagin d'ammoniac et de désordre. Un vagin de garde, de réserve, de secours. Un miséricordieux vagin d'abondance et de non engagement. Mais vous regardez à votre tour la crucifixion à côté de l'ange doucereux, et vous répétez avec un fou rire cosmique : « Sept fois fichu ! Sept fois fichu ! » – tandis que des Polonais volettent autour de vous avec un bruit de consonnes duveteuses, dans cette nuit d'alliance esquissée.

Car, quand même, il faut l'avouer, ce mariage fut une forme de salut, votre unique geste de croyance, un acte euphorique et un peu fou comme il dut y en avoir chez les premiers chrétiens, dans une vie fondamentalement laïque. Une adhésion pétillante à la bonne nouvelle, à une lignée d'enlumineurs et de moines gras, un acte de joie comme on s'attable devant du lard et des anguilles, dans le réfectoire primitif.

Vous connûtes ce soir-là Eustache le Polonais, artiste et prince, mangeur de psychotropes, avec sa voix nasale et son teckel égocentrique, Peggy, à cause de Peggy Guggenheim, qui certainement aujourd'hui l'a rejoint dans l'ombre profonde – ou peut-être pas encore, aboyant dans les plis entassés de la terre, dans le gisement de ce qui ne reviendra pas, sinon par les cœurs repentants, car nous aimons postérieurement ceux qui nous manquent, nos pères écroulés. Mais ce soir-là Eustache, le vieux Polonais, était plein de vivacité et de pirouettes capricieuses. *Sois honoré, là où tu es, avec tes chaussures à bout carré,* « pour prendre moins de place dans la boîte » *disais-tu.*

Vous connûtes également sa femme Anka, galeriste d'avant-garde, dont le premier mari, prince de Pologne, alterne dès le matin la vodka et le lait, et trace sur les murs blancs des traits bleus conceptuels, à l'inverse des avions parapheurs des altitudes.

Vous connûtes une infinité de Polonais déviants.

Puis l'hôtel de Sully ferma ses portes.

On alla donc vers une beuverie surnuméraire – l'épouvantail, le teckel égocentrique, la femme sans string, l'oncle, le prince Eustache, la comtesse Anka, quelques Polonais inédits et d'innombrables coupes de champagne, dans un taxi sans fin conduit par l'envoyé de BEET – car quel chauffeur eût accueilli sur ses banquettes cette troupe clamante, sinon un cocher céleste ? Quelqu'un suggéra en riant que l'oncle rendrait service à la Pologne s'il épousait la femme sans string. C'était bien sûr une boutade. Il y répondit avec beaucoup de grâce. Il se tourna vers l'intéressée, et lança une phrase typiquement française : « Ah mais je vous épouse quand vous voulez ! » Ce qui fut fait trois mois plus tard. En linguistique, on appelle « performatifs » les énoncés qui, lorsqu'ils sont prononcés, constituent et réalisent simultanément les actes auxquels ils se réfèrent. « Je vous déclare unis... » est un énoncé performatif. On peut considérer que la phrase de l'oncle y ressemble. Certes, à cet instant, ni lui, ni l'intéressée, ni les témoins assoiffés n'eurent conscience de sa portée. Il paraît pourtant évident que l'oncle *prononça* lui-même son mariage dans un taxi roulant vers la Bastille, rempli de Polonais hilares. Le reste n'est que formalité. Ou si l'on préfère, « ironie, longue attente de la mort », comme l'écrit Bataille dans *Madame Edwarda* – qui, notons-le, s'achève aussi dans un taxi.

L'été 1990 est anormalement chaud, on s'en souvient, et contribue grandement au développement de la passion : il lui donne un aspect extraordinaire, voire apocalyptique. Le dieu BEET continue à veiller sur votre future union. On achète des aérosols d'eau fraîche et l'on sort beaucoup la nuit. Vos revenus de cadre occidental multiplient fériquement les présents et les lieux étourdissants. Votre future épouse est désorientée. Dans son esprit, elle n'est venue en France que pour gagner un peu d'argent pendant l'été, et la vaillante phrase que vous prononçâtes dans le taxi est déjà bien lointaine. Sa mère est morte quatre mois plus tôt. Elle a fui la Pologne pour cette raison. Elle est vacante, tout comme vous, dans des espèces de limbes propices aux fulgurances du destin.

Durant le mois de juillet, elle garde parmi des vaches normandes une malade lucrative, et vous envoie quelques lettres. Puis elle revient en août.

Les choses sérieuses commencent. La capitale s'est vidée. Vous lui proposez de venir habiter chez vous jusqu'à son départ, prévu le mois suivant. Votre trois pièces à Barbès est coquettement coincé entre la rue des Drogués et la rue des Tissus Africains. « Il y a beaucoup de Nègres » constate Jojo – Jojo est le nom de votre future épouse. En effet, *cette année*, les Nègres ne sont pas partis en vacances. Ils préfèrent gambader et rire sur les trottoirs jusque tard dans la nuit, par troupes de vingt. Barbès ne ressemble pas à Varsovie. À Varsovie habite l'unique Noir de Pologne. Vous le rencontrâtes le jour de Noël, au milieu d'une grande place blanche. Il était perdu. « Certes..., répondez-vous, mais sais-tu que tu te trouves ici même dans l'un des quartiers d'Europe les plus réputés pour les boubous ? ! Les épouses de diplomates africains y abondent, ondulantes et huileuses telles des... » « Il y a beaucoup d'Arabes aussi » murmure Jojo. « Oui ! Regarde comme ils sont altiers dans leurs grands pyjamas ! Et puis, sais-tu ? il n'y a pas de Juifs... » lancez-vous sournoisement, *à tout hasard*.

Faire les courses est un acte mystique, indispensable à la constitution d'un couple. La première visite guidée que vous organisez dans votre quartier est donc destinée au Monoprix – par la suite, il accompagnera l'attelage durant toute son odyssée mélancolique. C'est un vrai Monoprix à deux niveaux, légèrement populaire. Les Monoprix ont toujours excité l'oncle, qui s'y comporte généralement comme un enfant de cinq ans. Faire les courses est le Noël hebdomadaire du pauvre, c'est le rachat des couples mal unis. À peine débarquée de Normandie, le premier jour d'août, Jojo fut donc conviée hystériquement à Canaan : « Allez viens, Jojo ! on va là-bas, de l'autre côté du fleuve, vers les troupeaux pré-emballés ! » Elle était belle et pâle comme un fantôme d'exil. Elle eut une crise d'angoisse dès les premiers rayons et voulut sortir. En effet, elle était polonaise et accédait d'un coup aux icônes d'Occident – l'Occident bariolé, polythéiste et superfétatoire. Vous expliquâtes à Jojo qu'il y avait par exemple le dieu du corn flakes, et que le dieu du corn flakes est célébré sous sept ou huit noms différents, mais que malgré tout il s'agit du même dieu dont le nom générique est « Monopolsk », qu'on ne prononce que dans la terreur... Elle eut une phrase un peu austère : « Ce n'est pas toi qui manges les corn flakes, c'est les corn flakes qui te bouffent ! » Car tous ces emballages puérils, conçus par des entreprises stupides, des cadres incultes et prochainement cancéreux, tout ce monde de l'Ouest à peine moins pourri que celui de l'Est lui tirait la langue sur de longues étagères, « Comme dans une morgue, dit-elle, car, continua-t-elle, vous êtes de terribles cons avec vos voitures presque luxueuses et vos cerveaux sans ombre ! Alors arrête de me provoquer avec ton Monoprix, petit Français de merde ! » Vous la récupérâtes en larmes dans la rue Marx-Dormoy. Elle trembla longuement dans vos bras. Avec des épaules pâles et furieuses. Avec une odeur de sang et de joues très douces, comme toutes les victimes sans mots.

Vous vous mariâtes en septembre. La fête eut lieu chez vos parents naïfs, comme l'art du même nom. Elle ressembla à un goûter d'enfants amélioré. Votre épouse désenchantée se tint un peu à l'écart. Vous lui promîtes qu'il y aurait plus tard une vraie fête solennelle. « Une fête de mariage ! » précisâtes-vous joyeusement. De votre union naquit un chat. Ce félin fit son apparition dans l'appartement neuf mois après les noces. Tous les couples féconds respectent le cycle de la nature. On l'appela Chopin. C'est vous qui le choisîtes, un samedi un peu vide, dans un refuge de la SPA. Votre femme avait toujours vécu avec des bêtes, dont le silence et la douleur lui étaient proches. Ainsi, pour réparer la tristesse et l'exil, vous conçûtes la compagnie d'un chat. Vous poussâtes la délicatesse et l'illusion jusqu'à choisir un fils qui lui ressemblât. Chopin, tout comme elle, est né au mois d'août, vous dit-on parmi les aboiements tourmentés. C'est le plus jeune du refuge. Il est d'un caractère tendre et peureux. Il est roux. Il galope la nuit avec son petit grelot.

Vous buvez beaucoup le soir. Votre femme a commencé une analyse. Sa psychanalyste est visiblement une femme épanouie. Elle est en vacances six mois par an et fait des jeux de mots passionnants dans une rue du douzième arrondissement. Par exemple, Jojo se plaint d'un mal au genou. Sa psychanalyste répète joyeusement : « Je/Nous ! Je/Nous ! JE/NOUS ! » Elle le répète trois fois au cas où Jojo n'aurait pas compris. Jojo est ravie. Le soir, au dîner, elle vous dit : « JE/NOUS ! » Sa dépression est entre de bonnes mains. Les psychanalystes sont d'utilité publique : ce sont des égouts qui collectent les plaintes. En gros, vous leur chiez dessus au lieu de le faire sur vos proches. Les psychanalystes sont couverts de merde et sourient mystérieusement. Vos proches sont très contents. Par ailleurs, les psychanalystes ne sont pas prosélytes, c'est bien connu. Pourtant, vous fréquentez à votre tour un lacanien de quartier. Pour essayer de sauver le couple, paraît-il. Il est sympathique et très inutile. Pendant un an, la Sécurité sociale paie vos pirouettes verbales, vos *résistances*, vos mondanités. C'est en effet un psychanalyste remboursé. Il est très performant. Vous lui annoncez dès la première séance que vous écrivez des livres. Il est ravi : « Délivre ! Délivre ! DÉLIVRE ! » répète-t-il trois fois lui aussi, comme s'il agitait une clochette pour vous alerter d'une découverte fondamentale. Dès la séance suivante, vous tentez donc avec lui *le coup du genou*. Ça marche très bien. Le miracle de l'analyse a lieu le premier mois, le reste n'est qu'une farce. Plus l'esprit est faible et crédule, plus la farce est longue. Plusieurs décisions sont possibles lors du miraculeux premier mois. Par exemple, au lieu de boire une bouteille de whisky le soir, vous buvez trois litres de bière. C'est une espèce de transfert. La psychanalyse vous apprend cependant une chose essentielle : fréquenter un psychanalyste ne sert à rien, c'est à vous de vous en sortir seul. Ce n'est pas une mince révélation. Il faut le reconnaître.

Vous vivez quatre années ensemble. Les six derniers mois, vous ne couchez plus avec votre *sœur*. Vous tentez vaguement de la tromper. Vous renoncez au dernier moment. Elle finira par vous quitter parce que vous n'y arrivez pas vous-même. Vous l'aidez à déménager. Elle aussi. D'un commun accord, vous vous répartissez les biens du ménage. Puis vous allez régulièrement chez elle. Parfois vous y dormez. En fait, il vous faudra encore quatre ans pour vous détacher l'un de l'autre. Vous lui amenez Chopin tous les quinze jours. C'est un petit déchirement, mais il a été convenu que la garde du chat serait alternée.

Les juges des affaires familiales voient des choses étranges. C'est une belle matinée d'automne. Jojo, l'énorme Jojo, la resplendissante Jojo trône sur un fauteuil. Elle est enceinte de sept mois. Pas de vous, évidemment. Vous êtes en effet séparés depuis deux ans. Le juge est un homme très doux et très gentil. Il prononce le divorce et vous souhaite de réussir prochainement une nouvelle union avec un conjoint qui sera *plus approprié*. Ce sont ses termes. Jojo rigole. Vous rigolez aussi et vous lui tapotez le ventre. Le juge vous serre la main. Après cette cérémonie, vous allez boire un café avec Jojo, au bord de la Seine. Vous êtes bien sûr restés très bons amis. L'ambiance est quand même un peu nostalgique. Bientôt le bus l'emporte le long du fleuve où coulent nos amours, etc. N'ayez crainte : vous la reverrez. Elle a fait un enfant avec un homme de passage. Il est marié et père de famille. Il ne veut pas entendre parler d'un bâtard. Vous vous occuperez donc prochainement du bébé.

Votre exquise famille est un peu affolée. Votre mère vous téléphone environ cinq fois par jour : « Méfie-toi ! Elle va te mettre l'enfant sur le dos ! » Les mammifères se manifestent toujours lors des affaires importantes. Ils ont à cœur vos intérêts géostratégiques. Par exemple, au moment de la séparation, on vous a conseillé de ne pas *lâcher* la machine à laver. Il s'agit d'une magnifique Siemens, un cadeau de mariage. Les mammifères l'ont choisie après une longue et sérieuse étude de marché. Ils ont souscrit une assurance Darty complémentaire. Au moment de la séparation, on vous le rappellera : « Tu ne vas tout de même pas lui laisser la Siemens avec l'assurance complémentaire de cinq ans ? ! » C'est ce que vous ferez pourtant. L'excellente opinion que votre famille avait des Polonais, et plus précisément des Polonaises, atteindra des sommets.

Tout de même, ce jour-là, le bus l'emporte au loin, c'est bizarre et triste, et dans le cœur de Jojo il doit y avoir aussi des sentiments étranges. La seule chose un peu stable, la seule chose non détruite qu'elle possède désormais dans ce pays d'exil est son ventre.

Eût-elle été française, vous ne l'auriez sans doute pas épousée. Vous auriez vécu quelques mois ensemble, *et tout aurait été dit*. Mais pour qu'elle restât en France, c'était la solution la plus simple. Vous aviez aussi envie de vous marier, après quelques errances amoureuses. Un acte un peu exotique, le mariage, un défi. Et pour en souligner l'exotisme, il vous fallait cette Polonaise qui avait vécu de l'autre côté du rideau de fer. Mais vous aviez aussi envie de la sauver. De sa tristesse. De sa beauté non marchande. De sa fierté disproportionnée. Car vous l'avez aimée, soyez-en persuadé, mais comme toujours vous vous en apercevez trop tard. Vous fûtes deux enfants perdus sous les architectures puériles de Montmartre. Le soir tombait, les rues tremblaient dans les petites lumières, il faisait froid dans tout l'amour du monde. Vous avez aimé sa fierté, sa douceur, son exil. Sa tristesse de nuage. Sa tristesse ingouvernable et égarée. Et ce soir, vous êtes tourmenté. Vous l'imaginez dans une rue de Varsovie. Elle rentre du travail. Elle va chercher son enfant. Elle marche sur la neige, dans la lumière désuète de Varsovie, et vous souhaitez qu'elle soit heureuse, car tant qu'elle ne le sera pas vous ne connaîtrez pas réellement la paix.

XI

Voici l'époque où vous fréquentez intensément des boîtes de nuit à Pigalle. Vous êtes au chômage. Les Assedic adorent financer les petites débâcles. Comme on le sait, les établissements peuvent être répartis en trois catégories, dont les deux principales sont les boîtes de nuit et les *after*. Les *before* étant réservés à une population très minoritaire et très blessée. Le milieu de la nuit, comme tous les milieux, fonctionne en circuit fermé : vous retrouvez généralement les mêmes têtes d'un lieu à l'autre. Il est composé d'une grande variété d'écorchés vifs, mais surtout de professionnels de la nuit : serveuses, barmen, portiers, patrons de bars et de boîtes, hôtesses des bars à putes venues se détendre, adolescentes au bord de la prostitution, danseurs nègres bien montés en quête d'une reconnaissance sociale qu'ils ne trouveront jamais ailleurs, travestis, transsexuels, etc. Vous commencez par un bar vers minuit, puis vous continuez par une boîte, puis à nouveau un bar, puis un *after*, puis d'autres bars, puis un *before*, puis votre lit. Dans ce dernier lieu, vous êtes généralement seul. Il est dix-sept heures. C'est une vie passionnante et très épanouissante. À six heures du matin, une boîte de nuit sent le foie malade. Vous aussi, mais vous avez l'illusion de dégager une douce haleine composée de champagne, de whisky-Coca, de gin tonic, de tequila, de rhum, de mescal, etc. Vous avez bu l'alcool bleu de tous les lagons du monde. Certains vous diront que sortir d'un *after* à midi, en plein été, est une expérience radieuse, que la lumière coule sur votre visage détendu et gorgé de jouissance. Pas du tout. Vous titubez, vous portez des lunettes de soleil pour ne pas mourir irradié et aussi pour qu'on ne voie pas vos cernes. Tous les gens de la nuit portent des lunettes de soleil. Une vie atroce, celle à laquelle vous n'appartenez plus, s'agite autour de vous. Le plus souvent, l'oncle se retrouve seul, tachycardiaque, dans des jardins déserts. Il est sept heures du matin. Rentré chez lui, il appelle ses amis. Il leur explique que la vie est exaltante comme une grande décharge nerveuse et qu'il n'a plus envie de dormir. L'échange est généralement bref. Ils viennent de se lever pour aller travailler. Ils raccrochent vite. Alors l'oncle écoute l'orgue thérapeute, l'orgue hospitalier, la douce et violente *Symphonie gothique* de Widor, et il commence à écrire. Sur la pochette du disque, Charles-Marie Widor a une tête de grand-père sévère. Il regarde l'oncle du fond du XIXe siècle et semble le juger terriblement. Alors l'oncle lui parle avec emphase. C'est la grandeur de l'art, Charles-Marie, que tu consoles à sept heures du matin un ivrogne qui a bu la moitié de la tristesse du monde et qui a encore soif. Alors que d'autres s'amusaient invinciblement, toi, dans un soir de tisanes et de beffrois, tu composas des caresses pour toutes nos âmes. L'orgue souffle comme le seul amour consolateur. L'orgue a le parfum d'une femme impossible et pose sur vos tempes malades des mains aériennes, comme la serveuse du dernier bar aurait pu le faire si vous ne préfériez pas l'alcool à l'amour, si vous ne glissiez pas sans bruit tout au fond de votre blessure.

Qui est Linda ? L'oncle vient de la raccompagner aux portes closes d'un sex-shop, dans l'aube pâle et toxique. Les camions de la ville enlèvent les ordures et les canettes. Elle a vingt ans et elle a déjà atteint l'incommensurable joie du désespoir, le grand rire des nerfs. Elle habite chez sa sœur et son beau-frère. Ils tiennent un sex-shop à Pigalle. C'est ce qu'elle dit. Elle est chaque nuit au Moloko. Ils se parlent souvent. L'oncle est peut-être pour elle une espèce de père qui tâtonne dans l'obscurité, moral et austère, le sexe dressé devant la vie comme devant un inceste impossible. Elle avale régulièrement des pilules. L'oncle lui dit de faire attention. En une nuit, avec rires et insouciance, elle peut coucher avec trois hommes.

C'est l'aube sentimentale et désaffectée. Linda disparaît sous le rideau de fer du sex-shop. L'oncle rentre avec l'ami encombrant, l'alcool qui est un fruit jaune au fond du ventre, une jouvence quotidienne dont seule la mort vous débarrasse. Parce qu'il n'est absolument pas question de renoncer à cet échec supérieur et fœtal. À cela dont vous n'avez pas la clé. À cette porte engloutie qui est vous-même. À ce corps contradictoire de tristesse et de liesse. À cette pluie d'or sans but. À ces paroles médiocres du comptoir qui tiennent lieu d'amour. À cette insistance à vouloir aller dormir définitivement. Au combat flamboyant du dragon contre la raison. À l'aube désenchantée. Au procès de l'enfance et de tous les paradis qui ferment. À ce vin de messe ténébreux. À la transsubstantiation du corps de la mère.

Rentrer seul dans l'échec de l'aube est une chose terrible car c'est à la fois désespoir et immense jouissance. Aucune femme ne vous accompagne. Aucune malheureuse titubante, aucune lutteuse brillante et acharnée à vous sauver, aucun bolide astral de vingt ans surgi on ne sait d'où. Mais vous n'échangerez pas votre vie contre une autre réglée, douce, hospitalière. La première raison de cette joie est le renversement de l'ordre des choses. Vous êtes en lutte contre une vie qu'on vous a donnée contre votre gré, et dans cette fin de partie blanchâtre vous avez enfin l'impression d'avoir gagné la liberté de vous détruire.

Il y a aussi Francine. Francine tient les toilettes. C'est une figure essentielle du Moloko. Elle trône au premier étage. Elle a sa cour, ses admirateurs, ses protégés. L'oncle passe des nuits à parler avec elle. De rien, de tout, de la petite écume quotidienne, du chômage, des filles qui dansent et passent, de la solitude. Francine et l'oncle forment une espèce de couple éphémère et fraternel, parmi des velours sombres. Il lui offre des verres et lui masse les épaules à la fin de la nuit, quand elle est fatiguée. Elle a cinquante ans. C'est une vraie Parisienne, avec l'accent et le langage des faubourgs. Elle a travaillé dans la restauration. Elle prendra sa retraite quelque part en Camargue. Elle gère les toilettes – lieu stratégique, infirmerie, carrefour des idylles, propice à tous les dérapages – d'une main ferme et moqueuse. Elle appelle les filles les *foufounettes*. Elle sait qui est qui, et dans quel état : « Regarde cette *foufounette*, elle est dans la tisane ! C'est malheureux, ça ! » Elle connaît bien Linda et essaie de veiller sur elle. L'oncle et Francine parlent de Linda comme d'une petite sœur un peu folle, d'un phénomène attendrissant.

Il y a aussi le marchand de roses, un homme grassouillet toujours en veston. Il ne ressemble pas aux autres vendeurs. Il a renoncé à passer dans les restaurants. C'est presque un négociant aisé. Il retourne chaque année en Inde avec sa famille. Il s'installe au Moloko comme un pêcheur d'âmes patient. Parfois il s'assoit et boit un verre au milieu de la foule. Ou il danse lentement avec ses fleurs immenses. Il est heureux. Il serre la main des habitués, toujours avec la même phrase amusée : « Beaucoup de belles filles, ce soir ! » Il sait très bien qu'on viendra le voir tôt ou tard, après quelques verres, acheter des roses mortelles qui finissent dans les caniveaux ou près des miroirs obscurs des inconnues.

Il y a un poème de Malcolm Lowry qui s'appelle *Trente-Cinq Mescals à Cuantla*. L'oncle fait parfois l'inventaire de ce qu'il a bu au cours d'une nuit théâtrale : 125 cl de bière, une bouteille de vin blanc, 50 cl de bière, deux petits verres d'un alcool extravagant, un punch, 25 cl de bière, un verre de vin blanc, trois whisky-Coca, et puis les choses deviennent magnifiquement floues : des cocktails bleus servis dans des coupes, avec du champagne et du curaçao, qui portent le nom cinglant de *déferlantes*, des verres et des verres de gin, des alcools de café, des liqueurs puisées dans des bocaux avec des scorpions et des serpents emmêlés. Et on n'en a jamais assez. Car la chose réclame. La chose sans fin dans laquelle il faut toujours verser de l'alcool. Qui n'acceptera jamais de limites. Violente et tragique. En liesse. En liesse immense et mortifère. Allant racler des forces dans des muscles lointains. Chose debout. Avec des yeux écarquillés. Debout à trois heures du matin, debout à six heures. Dansant au-dessus de l'abîme avec une tristesse immense. Mais une tristesse convertie en force. Et qui malgré toutes les calamités a fait le pari de l'amour. Un homme.

Et puis il y a l'*after* près de la place Clichy. C'est là que l'oncle rencontre les transsexuels qui s'étourdissent dans les lumières tourmentées, alors que les familles s'éveillent et que s'éteignent tous les rêves. De beauté plus émouvante, de beauté plus impossible que celle des transsexuels, il n'en existe pas. L'oncle a écrit un texte à l'époque où il les fréquenta, et aujourd'hui il ne saurait en parler autrement...

*Chaleur terrible des matins de juillet quand je voyais l'ange dans la forge de l'*after *! Yeux de l'ange ! Si pâles ! Il me fallait les revoir chaque jour, brûlé et vaincu. Ce regard sans autre objet que l'amour où se lisait d'un coup, au-delà de tout jugement et de toute damnation, l'échelle entière de l'amour, ses régions les plus basses et ses hauteurs ultimes... Et je comprenais, je comprenais sans jugement, que l'ange, le premier matin où nous nous vîmes, incroyablement affamés et inassouvis, eût saisi mon sexe à travers l'étoffe avec un regard irradié... Mais étaient-ce même ses yeux ? Ces longs crins blonds, ces seins lourds et froids, étaient-ce les siens, alors qu'à midi, dans des baisers sans espoir, je sentais renaître sur ses joues les signes inaltérables de son sexe ?*

« Danse ! Danse pour moi ! » L'ange me suppliait avec sa voix rauque. Il me mordait les lèvres. L'alcool brûlait mes épaules. Des ailes déchiraient ma chair dans les heures de dérèglement. « Danse pour moi ! »... Oh que la voix était rauque ! Elle soulevait sa jupe et faisait le signe de se branler, ou voulait-elle montrer, alors que mes yeux se détournaient, qu'il n'y avait là qu'un amas de chairs impraticable, qu'une fermeture absolue qui l'éloignait à jamais de l'amour ? Alors je dansais dans la plus grande douleur et avec la plus grande vie. Mes chaussures craquaient et la chair de mes pieds brillait à vif, dans ce mois brûlant qui fut le plus bel enfer de ma vie. L'ange suivait des yeux cette danse de l'absence d'amour, ce feu, cette souffrance qui me jetaient à la fin en larmes, dans la pénombre, sur les derniers canapés vides.

Je rencontrais les êtres ulcérés, inassouvis, sans argent. Les baisers tournaient court. Ah peuple de l'aube ! Nous nous insultions sur les trottoirs devant les portiers impassibles – ces monstres lourds sculptés dans les porches, gardant les Portes du Dérèglement, insensibles à notre souffrance. Il n'y avait pas de fin à l'alcool. Bientôt il n'y aurait plus d'argent, plus de mots, mais seulement le besoin terrible de retourner toujours là-bas…

Puis vient l'heure du bilan. Fréquenter chaque nuit les boîtes coûte très cher. Vous offrez intensément des verres à toutes les épaves sociales. Vous allez au distributeur plusieurs fois dans la nuit. Vous n'osez plus regarder votre compte. Votre indemnité de licenciement a été engloutie depuis longtemps. Les distributeurs brillent dans la nuit comme de petits temples qui vous supplient. Même dans la journée, vous avez un frisson chaque fois que vous passez devant eux. Les distributeurs sont des prostituées qui s'allumeront inexorablement la nuit suivante, avec un sourire de gouffre fardé. Vous dansez sur le nerf à vif de votre vie. Vous êtes dangereusement heureux. Les joueurs peuvent se faire interdire de casino : leur liberté consiste à se rendre dans un commissariat et à fixer eux-mêmes la durée de cette interdiction. Vous n'avez pas cette liberté. Alors, un jour, vous découpez votre carte bleue avec des ciseaux. Vous n'utiliserez que votre chéquier. Il y a une semaine étrange où vous ne pouvez même plus acheter d'allumettes, vous allumez comiquement vos dernières cigarettes sur la plaque chauffante de la cuisine. Vous faites du troc avec votre voisine, une belle femme de cinquante ans avec qui, Dieu merci, vous avez couché : un livre contre un peu de liquide. Vous avez beaucoup de livres, et elle est trop heureuse d'être une mère de débâcle. Quelques jours plus tard, vous scotchez grossièrement votre carte bleue et retirez à nouveau du liquide. Et les nuits recommencent parmi *les grands blessés qui boivent de l'alcool théologique*, jusqu'au matin où la carte est mangée et que le réel revient vous faire signe.

II

Dépôt de bilan

XII

Le travail est l'une des causes essentielles du malheur de l'humanité, l'autre étant l'amour.

Le Préambule de la constitution de la Quatrième République, toujours en vigueur, affirme que « chacun a le devoir de travailler et le droit d'obtenir un emploi ». Le chômage, heureusement, est venu contredire cette hypocrisie.

Une poignée d'emmerdeurs tyrannise toute la planète avec le travail. Les pires sont ceux qui n'ont aucun intérêt financier ou politique à le faire. Une énorme frustration les pousse à se surmener. Ils ne supportent pas qu'on ne leur ressemble pas. Toutes les franges de l'humanité sont concernées par ce phénomène. Écoutez un contremaître portugais hurler sur un échafaudage : c'est un être inculte et violent qu'il serait bon de pousser dans le vide.

La première dépression de l'oncle coïncida avec son service militaire. Il y eut certainement d'autres causes, mais les symptômes disparurent quand la farce prit fin.

Le Musée sur lequel l'oncle *embarqua* – c'est en effet en ces termes qu'il y fut affecté – dépend du ministère de la Défense. Il est donc commandé par un héroïque officier. Sa femme organise intensément des cocktails. Le couple vit dans un taudis de deux cents mètres carrés au-dessus du Musée. Tous les mercredis, l'officier réunit ses collaborateurs les plus proches : un amiral alcoolique, le conservateur, le concierge, etc. Ils ont des porte-documents. La réunion aboutit généralement à une exposition sur le commandant Cousteau ou au déplacement d'une vitrine. « Rien ne se crée », telle est en effet la devise du

Musée. On y change donc constamment les objets de place. La poignée de main de l'officier est très molle.

Le Musée est peuplé d'anciens militaires et de civils. Tout en bas de la hiérarchie, on trouve quelques jeunes gens de bonne famille. C'est en effet un privilège que de se réfugier pendant un an dans ce lieu agréable, où l'on est corvéable à merci et commandé par une foule de ratés. L'oncle fut affecté au service Études et Recherches, bien connu pour son effervescence intellectuelle. Il exerça donc le métier de manutentionnaire, pour un « salaire » d'environ quatre cents francs par mois. Il colla aussi des enveloppes. Il apprit à faire traîner les choses.

Le conservateur du Musée est un ancien quartier-maître. Il n'a évidemment aucune compétence pour exercer cette fonction. Il a soixante ans. Il se teint les cheveux en jaune et porte des blousons. Il a rôdé dans les ports exotiques. Il en a rapporté une grande expérience de la vie. Il apprend aux matelots ce que signifie *baiser en chapeau* : « Un coup dans le chat, un coup dans le pot ! » Il exerce de nombreuses fonctions : colporter des rumeurs sur le personnel, humilier les plus faibles, aller boire l'apéritif à droite et à gauche, endommager les objets du Musée, entraîner les matelots dans les réserves. Marcel La Redoute est en effet homosexuel. Marcel La Redoute a toujours besoin d'un matelot pour d'obscures corvées. Il faut par exemple l'accompagner nettoyer une vitrine. L'oncle ne rechigne point. Les corvées avec Marcel sont peu pénibles. Elles sont l'occasion de fuir un ennui abominable. On va d'abord dans une réserve chercher de vagues produits. Marcel bavarde sans fin. Le Musée est désert, à part quelques enfants et quelques vieux, intéressés par les cargos en fer et les galions en bois, des œuvres magnifiques craquant d'ennui dans le silence, à l'image sans doute des maniaques qui les firent, des retraités de la marine, des insomniaques. On apprend les ragots intéressants : la chef du service Études couche avec le nouveau matelot, les gardiens passent leur temps à picoler, etc. Les produits d'entretien sont tout au fond de la réserve. Il faut déplacer une maquette. Marcel écarte l'obstacle à coups de pied. Il y a trois mâts cassés. « C'est pour les feignants des ateliers ! » dit-il. Marcel déchire régulièrement des toiles de Joseph Vernet. Joseph Vernet est un artiste admirable. Il a peint au moins quatorze ports, des naufrages, et peut-être des brumes. Ses toiles sont fréquemment restaurées. La vitrine a la taille d'un grand aquarium. Il faut en nettoyer l'intérieur. L'oncle y pénètre à quatre pattes. Marcel est un farceur. Marcel verrouille la vitrine. Marcel regarde l'oncle avec un sourire bizarre. Qui n'a jamais été enfermé dans une vitrine ignore une sensation instructive : celle de n'être plus qu'un objet. C'est une petite expérience de la domination. L'enfermement dure deux minutes. Marcel se masturbe à moitié. C'est finalement assez exotique.

La dépression de l'oncle débuta rapidement. Être engueulé chaque matin à sept heures quinze par un imbécile qui guette vos retards, déplacer des vitrines d'une tonne pour les remettre à leur place le lendemain, décrocher les Vernet de la salle A pour les accrocher dans la salle B, porter des piles de chaises et des cloisons amovibles, monter et descendre cent fois les escaliers du Purgatoire, faire semblant de classer des dossiers sur *Le Redoutable, Le Dangereux, Le Terrible, La Brute, Le Con* ou Jacques-Yves Cousteau, tout cela devient vite harassant pour un mammifère fragile et raffiné. À la rigueur, vous feriez un effort si les vaisseaux grisâtres portaient des noms plus cléments : *Le Dépressif, Le Défaitiste, Le Déserteur,* etc. Sans être totalement cons – certains parviennent à faire des études –, les militaires sont rudimentaires. Ils constituent une espèce intermédiaire entre le chimpanzé et le dauphin. De toute façon, un monde essentiellement composé d'hommes ne peut être que grossier et dangereux.

Vos symptômes dépressifs énervent au plus haut point. Térébenthine, la chef du service Études, informe l'oncle qu'il est à deux doigts de se faire virer. Son piston ne le protège en rien. Il y a bien d'autres matelots qui rêvent d'*embarquer* sur le Musée, radeau intense. Térébenthine est issue d'une famille d'officiers de marine. Elle est physiquement sans intérêt. Elle fait la gueule toute la journée. Comme elle a une vague licence, elle ne supporte pas l'oncle. L'oncle pense qu'elle est lesbienne. Mais, selon Marcel La Redoute, cette salope a besoin d'être dominée. D'ailleurs, murmure-t-il dans les réserves dissimulées, elle se fait sauter par le nouveau matelot. Le nouveau matelot est affecté au service des Amis du Musée. Le service des Amis du Musée vend notamment des porte-clés. Godefroy est plus ou moins un noble de village, en tout cas il a une particule. Tout le monde, sur le radeau, est plein de déférence. Mais, explique Marcel, ce n'est pas la grande noblesse française. En effet, la grande noblesse française a su maintenir une tradition. Elle produit encore des courtisans ou des incompétents. Chaque famille a sa spécialité. Certaines se sont spécialisées dans les fausses couches. Le noble de village n'est qu'un lèche-cul, explique Marcel. Il *sodomise avec* Térébenthine pour devenir conférencier. On ne peut pas donner entièrement tort à Marcel : Godefroy mesure un mètre quatre-vingt-dix ; il est calme et épanoui ; il fait de la varappe ; ce subtil imbécile n'a pas beaucoup d'avenir, sinon se reproduire avec Térébenthine et faire des conférences sur la pêche au thon.

Le service Études conserve des livres, des cartes, des photographies. Il est fréquenté par deux ou trois retraités. Ils regardent longuement de vieux clichés. Un aviso fend les eaux du golfe de Siam. Il y a un port au loin. Les retraités prennent des notes. Ils préparent d'importants ouvrages sur la vie à bord des avisos. L'activité des documentalistes consiste à les recevoir ou à répondre à leurs courriers maniaques. Le raté le plus pathétique du service Études porte une petite moustache grise. Il a pris l'oncle en sympathie. Il cherche en lui un allié. En effet, tout le monde déteste Passereau. C'est le seul homme du service. Il a cinquante ans. Sa médiocrité est un reflet cruel de celle de ses collègues. Térébenthine aimerait bien le virer. Passereau est un civil. Il n'a jamais navigué. C'est le drame de sa vie. Son érudition dérisoire agace. Il connaît par exemple les dates de mise en chantier de tous les navires. Passereau a une femme et un fils. L'ensemble vit dans un trois pièces tragi-comique au Kremlin-Bicêtre. Il déjeune à la cantine de la caserne maritime. Il en revient un peu ivre. L'après-midi, il appelle sa femme pour s'informer du menu du soir. Quand la sonnerie de dix-sept heures retentit, Passereau enfile son imperméable avec un sourire élégant, un sourire de défaite masquée. L'oncle a bien aimé Passereau.

Tous les deux ans, le Musée est en effervescence. Il organise une manifestation dangereusement avant-gardiste : le salon de la Marine. Des croûtes intenses, dignes de l'art soviétique, sont en compétition. Le jury décerne un titre enviable. Le lauréat le conserve toute sa vie. Il peut le faire graver sur ses cartes de visite : « Yvon Le Coït, peintre de la marine ». Des œuvres grandioses sont exposées au Musée : *Aviso dans le brouillard, Lann-Bihoué sous la pluie, Varech à Pleumeur-Bodou,* etc.

Au bout de sept cent cinquante comprimés de Lexomil, l'oncle fut libéré. Le jour même, ou presque, ses symptômes disparurent. Son sang de plomb et de poussière se rechangea en or, mais d'un or un peu terni. Cette première expérience de la vie active grava dans sa chair la certitude qu'il était mortel.

Dans les années 1970, la France accoucha d'une petite révolution technologique : le Minitel. Dans les années 1980, on en multiplia intensément les usages commerciaux. Les groupes de presse furent les premiers à s'enrichir. Grâce au Minitel, ils épongèrent les déficits de leurs supports traditionnels. Puis Internet supplanta l'invention jacobine.

Nous appellerons Bagatel le journal où l'oncle fut embauché. En matière de Minitel, on ne pouvait pas mieux tomber : c'était le *leader*.

La première fois que l'oncle entendit le mot « produit », il eut envie de vomir. Dans les entreprises, on l'emploie constamment. Au bout d'une semaine, vous prononcez ce mot avec un plaisir veule et hystérique. Vous passez de plus en plus de temps au bureau. Vous êtes devenu un produit.

La directrice de Bagatel est une ancienne secrétaire. En effet, le groupe explore prudemment cette nouvelle technologie et n'a nullement besoin d'un diplômé ruineux.

Monique a saisi cette opportunité. Elle est célibataire et anorexique. Elle a une silhouette de fillette pré-pubère. Elle mange avec une moue dégoûtée une vague salade à la cantine. Elle travaille seize heures par jour. Ses distractions se réduisent à la messe du dimanche et à ses neveux. Elle appelle ses employés chez eux et à toute heure. Comme tout employeur, elle préfère les célibataires, si possible anorexiques. Mais Monique n'a rien contre les idylles, pourvu qu'elles se déroulent au sein de son service. Quand l'oncle tombera amoureux d'une journaliste de vingt ans, Monique aura cette litote : « Je n'ai rien contre les amours au bureau ! » Elle dira même avec un fin sourire : « Je savais qu'elle vous plairait ! » En effet, plus l'entreprise favorise votre épanouissement, plus elle gagne votre entier dévouement. Baiser sur le lieu de travail augmente la rentabilité. Chez Loréal, par exemple, la baise est institutionnelle. On organise notamment des voyages tropicaux. Pour motiver son personnel, Monique embauche de jeunes et belles personnes. C'est un excellent calcul. La beauté n'a pas de prix. La jeunesse est bon marché. Chacun y trouve son compte.

Le rédacteur en chef arrive vers dix heures avec un setter irlandais. Le setter est assez stupide. Le maître, un peu moins. Alexandre est fils d'ambassadeur. Il porte un blouson Mac Douglas. Il attend un très bel héritage. Il rêve de travailler à la télévision. Il est un peu lâche. Alexandre a quand même du flair. Il a reconnu en l'oncle l'adjoint idéal. L'oncle a beaucoup d'idées et peu d'ambition. Pendant que l'oncle a beaucoup d'idées et peu d'ambition, Alexandre surveille les autres chefs. Quand Monique est en vacances, il prend rendez-vous avec le directeur général du groupe. En effet, un chef doit sauver sa place ou prendre celle d'un autre. Il passe donc la moitié de son temps à magouiller. L'autre moitié, il ne fait pas grand-chose. Au total, on peut considérer qu'Alexandre ne fait rien. Il lui faut donc un adjoint. Par ailleurs, avoir un adjoint est un signe de puissance. On l'emmène dans les réunions importantes. De ce qui précède, on déduit aisément que la fonction d'adjoint présente un avantage incontestable : comme vous renoncez à prendre la place de votre chef, votre chef ferme les yeux sur votre nonchalance ou votre incompétence, lesquelles ne sont que le reflet des siennes. À vous deux, finalement, vous fournissez le travail d'un salarié. Ce n'est pas si mal.

Avec ces principes sains, on rigola beaucoup chez Bagatel, du moins les premiers temps.

Toute nouvelle activité économique attire une bande d'aventuriers, généralement sans diplômes. C'est le Nouveau Monde. Chacun y va tenter sa chance. Il y a une effervescence assez bohème. Le profit est presque secondaire. Puis, la logique du marché reprend ses droits. On engage des diplômés performants. On licencie.

Chez Bagatel, on explorait le nouveau medium avec extase. On le réchauffait. Rien de plus sinistre, en effet, qu'un écran de Minitel. On construisait un paradis convivial, une utopie interactive. Une ère nouvelle s'ouvrait : partout, des êtres humains, souriants et détendus, allaient communiquer intensément. Les messageries roses furent l'apothéose de cet idéal.

Sur une messagerie rose, toute une série de frustrés adoptent des *pseudos* élégants : « J.H. 25 cm attend salope », « Cple cherche coquine dans le 92 », « Lionne pour amour au Tél. », etc. Plus rarement, on trouvait « Iseut » ou « Timide ». Les messages de Timide, quelques lignes scintillantes dans la nuit, procuraient un émoi extraordinaire. Timide était une jeune femme de vingt-cinq ans, d'environ un mètre soixante-dix, avec des yeux verts. Elle travaillait à France Telecom. Beaucoup de *pseudos* travaillaient à France Telecom. Timide finissait tôt ou tard par vous avouer qu'elle n'avait sur elle qu'un slip rose, qu'elle était seule dans le noir, quelque part à Livry-Gargan. C'était l'un des miracles du Minitel. Des inconnues assoiffées d'absolu, seules dans des cases en béton, attendaient l'amour fou. D'un seul coup, la nuit se peuplait de fantômes innombrables. Des banlieues insoupçonnées se mettaient à clignoter. Partout des solitudes, des détresses, des périphériques déserts. D'un commun accord, vous décidiez de poursuivre au téléphone l'amour impossible et lyrique. Timide était allongée sur son lit. *Je suis allongée sur mon lit !* Votre main caressait longuement ses cuisses. *Je sens ta main sur mes cuisses !* Vos dents déchiraient sa culotte. *Tes dents déchirent ma culotte dans une banlieue atroce !* Après cette nuit intense, vous fixiez un rendez-vous à Timide. Vous aviez soin de la guetter à distance pour voir à quoi elle ressemblait. Vous la reconnaissiez aussitôt. Elle jetait des coups d'œil à droite et à gauche. Elle attendait longuement. Timide avait cinquante ans. Elle était un peu difforme. Vous disparaissiez lâchement. Les messageries roses furent des drogues de solitude. Il y eut des factures téléphoniques exorbitantes et des procès. La solitude est un immense marché. Le dealer légal, France Telecom, s'est beaucoup enrichi.

L'oncle s'amusa donc. Rien de pire qu'une *excellente* ambiance de travail : vous y perdez votre âme, si vous en aviez une. Vous restez longuement au bureau. Vous voyez vos collègues à l'extérieur. Mieux vaut sans doute œuvrer dans un enfer moyen.

Heureusement, après l'âge d'or vint la chute. Bagatel perdit son rang de leader. L'ambiance devint nerveuse. Il ne fut plus question d'utopie. On se mit à évoquer des choses mesquines : la rentabilité, la concurrence, l'expansion, etc. Le groupe obligea Monique à prendre un adjoint. Elle fit embaucher son frère. Jean-Charles était un jeune con versaillais. Il avait fait plus ou moins une école de commerce. Il allait lui aussi à la messe. Il était nettement moins névrosé que sa sœur. Le régime se durcit. On demanda à l'oncle de *manager* son équipe, d'établir des budgets, de faire de la prospective. Il répondit par quelques ricanements puérils. Il sombra dans la paresse. Il engueula Monique. On le poussa doucement vers la démission. L'oncle caressa longuement le setter irlandais. Puis il quitta le meilleur des mondes.

Beaucoup de gens qui s'ennuient au travail ont un budget vestimentaire extraordinaire. Prenons le cas d'Hélène. Hélène est triste. Son métier lui pèse. Sa vie affective n'a pas l'air terrible non plus. S'habillerait-elle aux Trois Suisses, on jugerait qu'elle est éteinte comme les trois quarts des gens. Mais elle s'habille avec beaucoup de goût chez des couturiers modernes et originaux. Le contraste entre sa tristesse et son élégance exacerbée est pathétique. Elle porte souvent des couleurs vives. Elle a en particulier un manteau et un chapeau orange. On dirait un accident lugubre sur une autoroute.

À La Villette, l'oncle eut une très belle garde-robe. Il y prit ses fonctions un 1er avril. Cette date eut certainement une influence sur la suite des événements.

Lors d'un entretien d'embauche, comme dans la plupart des relations humaines, il faut environ trente secondes pour *deviner* quelqu'un. Les risques d'erreur sont généralement minimes. Chacun choisit l'autre à son image, réelle ou idéale. Paul La Garenne s'ennuyait prodigieusement. Il avait trente-deux ans. Il était chef de service depuis peu. Il l'était devenu par ennui. L'entretien fut sinistre. Chacun devina en l'autre un dégoût élégant du monde du travail. L'affaire fut conclue.

Quand l'oncle parla de démission quinze jours plus tard, Paul fut cependant embarrassé. La Villette est un établissement public. Il faut des mois pour recruter quelqu'un. Il faut des signatures multiples. À partir du 15 avril, on entra donc dans une période un peu surréaliste. Le 22, l'oncle proposa de ne travailler que trois jours par semaine. « Le temps de trouver un remplaçant ! » précisa-t-il joyeusement. On ajouta donc un avenant au contrat. Le 5 mai, l'oncle eut un petit caprice : « Finalement, je crois que je vais rester ! » annonça-t-il tout aussi joyeusement. Paul avait un tic. Quand il était nerveux, il se transformait en lapin, le bout de son nez remuait à toute vitesse. On refit un contrat à plein temps. Le 19 mai, l'oncle se demanda si travailler quatre jours par semaine n'était pas la solution idéale : « Comprends-tu, mon lapin, je coûterai moins cher à l'entreprise, tout en assumant sereinement mes responsabilités ! » Les oreilles de Paul se dressèrent brusquement. Là-haut, dans la tour, le chef du personnel devenait soupçonneux. On n'arrêtait pas de faire des contrats et des avenants. Des bruits couraient sur La Garenne. Ces événements donnaient de son service une image inquiétante. Paul montait là-haut en mâchant nerveusement une carotte.

Il expliquait que l'oncle était le candidat idéal, qu'il fallait le ménager quels que fussent ses caprices. On fit donc un ultime contrat. L'oncle avait bizarrement le titre d'ingénieur. On stipula qu'il travaillerait quatre jours par semaine. C'étaient quatre de trop.

Il y a des tentatives de suicide affectif. Il y a aussi des tentatives de suicide professionnel. Flaubert, l'auteur de *Madame Bovary,* a écrit qu'une chose devient intéressante pourvu qu'on l'observe longuement. Flaubert, comme on le sait, a connu de longues périodes d'ennui. Vu d'une certaine hauteur, un périphérique devient une chose intéressante. Le soir, il y a des phares rouges dans un sens et dans l'autre des phares blancs. Les phares rouges sont les Parisiens, les phares blancs sont les banlieusards. Le matin, c'est l'inverse. L'extraterrestre qui nous observe longuement ne manquera pas de constater que nous sommes une espèce douée d'intelligence. Le soir, toute une bande de joyeux travailleurs rentrent chez eux. Ils sifflotent, comme dans *Blanche-Neige et les sept nains*. Depuis une tour, on aperçoit également d'autres tours. C'est très beau. L'oncle observait tout cela longuement. Par ailleurs, il avait le vertige.

Les chrétiens les plus performants expliquent que Dieu a fait l'homme libre. L'ennui est l'une des libertés majeures que Dieu a concédées à l'homme.

La tour où travaille l'oncle est entièrement composée de bureaux. Elle porte un joli nom : elle s'appelle *Siamoise 1.* Elle a une sœur juste à côté : *Siamoise 2.* Il y a une cantine surpeuplée dans un sous-sol. Les néons sont violents. Les cadres ont des sourires artificiels. Les rouges à lèvres ressemblent à des blessures. Les teints sont blafards. On dirait un abri antiatomique. En effet, le travail est une catastrophe majeure. L'architecture est un art magnifique, social, plein d'espérance. Elle concerne directement la vie quotidienne des hommes. Elle est le plus souvent aux mains d'assassins. L'architecte qui a conçu la cafétéria des *Siamoises* a fait en sorte qu'on n'ait aucune envie d'y rester : il y a des banquettes en béton avec de vagues coussins. Tout le monde y est survolté et souriant. On boit le café debout et l'on se précipite au travail. Les cadres montent à l'assaut de l'après-midi. Ils ont l'air heureux.

Les parkings des *Siamoises* sont surchargés. L'oncle découvre enfin une place vide. C'est un rectangle dans un sous-sol lugubre. Il l'adopte pendant quelques jours. On lui met des mots sur son pare-brise. Comme il croit que c'est de la publicité, il ne les lit pas. On insiste. Le troisième mot est menaçant : « Cessez ce petit jeu avec moi ou vous allez voir ! » Soudain, on braque des phares sur lui. Un homme sort d'une voiture. Il a visiblement guetté pendant des heures. Il est nerveux et inquiet. C'est un cadre anodin, un père de famille. On lui a pris son emplacement. Depuis une semaine, il dort très mal. Il ne fait plus l'amour. Le triangle de sa femme est devenu un rectangle angoissant. Le clitoris klaxonne. Les grandes lèvres clignotent. Il a peut-être un fusil dans son coffre. L'oncle présente beaucoup d'excuses. L'oncle a vraiment l'air sincère. L'oncle ignorait les lois siamoises. Cela ne se reproduira pas ! L'homme est rassuré mais déçu. Il rêvait de western d'entreprise, de poursuite en bagnole. Il aurait terrassé l'oncle, reconquis le rectangle, et fêté la victoire dans sa femme géométrique.

Pour s'occuper, l'oncle suce des pastilles Vichy. L'avenue Jean-Jaurès, à l'orée d'Auber-villiers, est banale. Il y a aussi des pavillons déglingués dans des rues adjacentes, des baraques en tôle rouillée, des vestiges. L'oncle aime bien ces logements pathétiques, avec des jardinets, des ronces orphelines. S'il était cohérent, s'il allait jusqu'au bout, il habiterait là-bas, dans le pavillon Tahiti ou Divine Comédie. Il aurait un chien-loup et deux chats de banlieue. On appellerait peut-être le chien Barabbas ou Rimbaud. Ce serait la vraie vie avec une porte qui grince, un cancer en sourdine. Il y aurait potager et forêt minuscules, une sorte d'enfance juste avant la mort. On arroserait le soir les citrouilles bienheureuses, comme autrefois grand-père, un vieux dans une blouse grise. Il arpentait les allées, courbé, fantomatique, sous les gosiers furieux des mouettes, les mouettes pillardes, les mouettes à capuchon noir, encore sur la terre, mais à peine, avant d'aller former avec les tubercules, les racines pivotantes, l'oubli et le silence. Les potagers sont métaphysiques. Ils parlent d'autarcie, et donc de solitude. Des créatures désemparées y œuvrent sous le ciel aphasique. On aurait une épouse nouvelle, nouvelle comme les pommes de terre, dépressive, légèrement alcoolique. Mais mieux encore, on serait seul, absolument seul. L'oncle marche très lentement. Il agite ces pensées agréables avec un regard vide. Il achète ses pastilles et monte dans la tour. Il en mange deux paquets par jour.

Tout le service est dépressif. Il n'y a aucun souci de rentabilité. Trois personnes suffiraient. Il y en a dix. Paul fait pourtant semblant d'y croire. Il négocie vaguement des contrats avec des entreprises privées.

L'informatique domine. Les écrans sinistres contaminent les âmes comme une pluie grise et obstinée. L'oncle fait semblant de travailler. Dans son contrat, on a pourtant écrit qu'il serait meneur d'hommes. Il pense à Bagatel, à l'été lumineux, à la fille de vingt ans perdue un soir d'automne. Il écrit vaguement un livre qui s'enlise comme sa vie. Il observe le périphérique. Il couche de temps en temps avec une jeune collègue. Elle est intérimaire et motivée. Elle trouve tout le monde incompétent. C'est un comportement classique. Dans les entreprises, le soupçon d'incompétence est général. Julie a travaillé dans de petites structures performantes. Elle maîtrise parfaitement les outils informatiques. Ses compétences sont techniques, son pouvoir aussi, sa personne s'arrête là. Elle engueule l'oncle, Paul et Louis. Louis est le chef des informaticiens. Il *plante* le système dès qu'il s'y aventure. Louis est issu d'une des plus vieilles familles de France. C'est un chauve très gentil. Il est incompétent et cultivé. Il aurait largement les moyens de vivre de ses terres. Mais, dit-il, il se fait un devoir de travailler. C'est un noble principe. On l'en dispenserait volontiers. Louis préside une association qui défend la chasse à courre. C'est sa passion. Il argumente avec finesse. Le cerf a toutes ses chances ! La faune est modérément décimée ! L'oncle aime bien Louis. C'est exotique, la chasse à courre. On bavarde. Le temps passe. Louis montre des photos, joue du cor dans les bureaux, invite dans les forêts profuses, etc. Pendant ce temps, le système agonise. On fait venir des informaticiens qui le réparent à prix d'or. Louis le détraque à nouveau. Et ainsi de suite. Louis et Paul sont les cibles principales de Julie. Julie engueule l'oncle, mais plus tendrement. C'est un poète incurable, un enfant qui écrit des livres.

Puis vint l'excitation extraordinaire dans le royaume des ombres, l'exhumation inespérée. On rejoignit enfin la Terre promise, la Direction des Moyens Techniques. On traversa le périphérique. C'était sous la Géode, très au-dessous, des grottes modernes. Il y avait une belle lumière grise grâce à un puits. On allait voir chaque jour les nouveaux locaux, tout le service heureux parmi les moquettes folles, les ouvriers siffleurs. On regardait avec extase les futures cages. Avoir un bureau à soi est un bonheur d'au moins trois jours. La secrétaire avait son sac Vuitton et son carré Hermès. Elle essayait les fauteuils à roulettes. On voyait sa culotte et son porte-jarretelles.

La Cité des sciences et de l'industrie est tournée radieusement vers le progrès. Il y a des façades en verre. Il y a mille personnes. Dans l'ensemble, on s'y ennuie prodigieusement. Comme partout. Mais le contraste entre l'optimisme scientifique qu'on y professe et l'ennui des salariés y est plus cruel qu'ailleurs. Quand le journal ne suffit plus, quand le téléphone ne suffit plus, quand la masturbation dans les toilettes ne suffit plus, l'ennui frôle le suicide. On va errer dans la cité sans dieu, on visite des expositions sur le cosmos atroce, on drague les femmes vacantes dans les services de communication. On parle longuement de l'ennui, on le commente avec de petits rires blessés. Longue, longue la terre de l'ennui ! Heureux celui qui lutte parce qu'il est exploité ! Heureux celui qui domine ! Heureux celui qui rejoindra l'humus rassasié !

XIII

Puis vinrent les éditions Ubu. Ce fut le couronnement, l'apothéose, l'apocalypse.

Qu'est-ce qu'une maison d'édition ? Dans le *Pendule de Foucault* on en trouve une définition intéressante : l'activité essentielle d'une maison d'édition consiste à égarer les manuscrits. L'oncle, qui eut l'honneur d'exercer cette charge avant d'être licencié, est tout à fait d'accord avec Umberto Eco. Cette définition mérite cependant d'être complétée : outre de les égarer, une maison d'édition se doit de les laisser s'entasser sans jamais les lire. C'est aussi une sorte de théâtre où des huissiers entrent par une porte pendant que le patron sort par une autre. Par ailleurs, le rouage le moins important d'une maison d'édition est l'auteur. Enfin, travailler chez un éditeur est un privilège : on y rencontre les plus grands égocentriques de la planète.

Passer de La Villette aux éditions Ubu est une sorte d'électrochoc. Le mort se réveille, du moins les premiers temps. On quitte un pays sous-développé pour une superpuissance culturelle. On croit avoir enfin atteint l'Eden, les eaux grouillantes dont rêve le poisson dans la saison du frai. On est chez soi. Des figures importantes serpentent dans les couloirs. Il y a des livres partout, des épreuves, des manuscrits. Des œuvres contemporaines traînent sur le sol. C'est le bordel.

Le père Ubu pèse environ 0,12 tonne. La mère Ubu, quelques grammes de moins. Des squelettes polychromes ricanent dans le hall. Le père Ubu est en effet obsédé par la mort. Dans le bureau de la mère Ubu, il y a une statue d'environ un mètre quatre-vingts : c'est la vierge

Marie, dans un joli drap blanc, avec un phallus en érection. Le phallus de la mère de Dieu mesure trente centimètres. On est tout de suite dans l'ambiance.

Les éditions Ubu sont nées dans les années 1970. Comme d'autres petites structures fondées à cette époque, elles veulent se démarquer des grandes maisons, elles revendiquent leur différence.

Chez Ubu, on différait énormément. D'ailleurs, dans son bureau, le père Ubu chantait à tue-tête : « Nous différons ! Nous différons tous nos paiements ! »

Le père Ubu est d'une nervosité exquise. Ses jambes tremblent furieusement sur le fauteuil directorial. Il fume deux gauloises en même temps. Il sue. Il engueule la mère Ubu toute la journée. Ou bien ses employés. Ou bien les deux. Tout dépend de la dose qu'a bue Ubu.

Chez Ubu, vers le quinze du mois, on est un peu nerveux. Les employés ont des conversations étranges :

— Tu as été payé ?

— Non... Il paraît que ce sera peut-être la semaine prochaine.

Être payé réclame de l'habileté. Il faut des ruses d'Ulysse ou de Petit Poucet. On peut essayer vers quinze heures pendant la digestion. On descend voir le père Ubu dans sa caverne. Toc toc toc ! « Qui est là ? » rugit-on. « C'est le Petit Chaperon rouge, le Petit Poucet, votre employé, etc. » « Entrez donc, mon enfant ! » Ubu vous regarde avec un sourire de dragon. Le cendrier fume comme un dieu cancéreux. « Je me demandais si... » « Non ! » hurle cette furieuse barrique. Vous ôtez alors votre chemise et montrez vos côtes saillantes : « Père Ubu ! Père Ubu ! Je vous en supplie ! J'ai mon loyer à payer, mes *agios,* mes bières, mes cigarettes, ma ration de charcuterie... » « Et moi donc ! tonne Ubu. Estimez-vous heureux d'avoir un emploi en ces temps si difficiles pour moi-même ! » Il montre une feuille où sont gribouillées des colonnes de chiffres. « Faites-moi donc un procès ! » ajoute-t-il avec une face d'orgasme vicieux. Il s'éponge le front et enfonce dans sa poche une poignée de billets qui dépassent. « Ah ! hurle-t-il soudain terrorisé. Là-bas ! Là-bas ! Regardez donc ! » Il pointe un doigt shakespearien vers le couloir obscur. « Je l'ai vue ! » gémit-il. « Mais non, père Ubu, c'est le comptable ! » « Ne me contredisez pas ! Je suis vieux et fatigué ! Elle rôde dans les couloirs avec une odeur de Tage et d'hôpital portugais ! » Il se verse une grande rasade de bourbon. Le voilà un peu calmé. « Écoutez mon cher, dit-il avec un sourire de chat, je ne peux vous offrir que la moitié de votre salaire. Vous aurez le reste la semaine prochaine en petites coupures... Mais ne le dites pas aux autres ! Et maintenant laissez-moi seul ! Seul, vous dis-je, dans la mélancolie irascible, dans les ténèbres portugaises ! »

Vous recevez donc un chèque des mains dodues du père Ubu. C'est une faveur. Évidemment, l'établissement bancaire n'est pas le même que le mois précédent. Les éditions Ubu font faillite constamment et se redressent mystérieusement. Le père Ubu, Ubu aux yeux de velours, déniche toujours des banques invraisemblables : Crédit de Lozère, Comptoir du Burundi, Banque Vasco de Gama, Banque de l'Inquiétude, etc.

Quand Ubu, le roi des aulnes, la sirène obèse recruta l'oncle, il lui tint à peu près ce langage : « Mon enfant, mon enfant, j'envisage de créer une nouvelle maison qui sera rattachée aux éditions Ubu. Que diriez-vous, chère douceur, d'être DIRECTEUR LITTÉRAIRE des éditions Mégalo ? Vous aurez de l'or et des filles, et d'importantes rations de rhum ! »

L'oncle se retrouva dans un couloir derrière un paravent. Pendant trois ans. Piétiné dans la fureur ubuesque.

L'oncle accomplit des tâches extraordinaires : boire dans des vernissages, piller la cave pleine de livres, laisser pourrir des manuscrits déplorables, en refuser quelques-uns qu'Ubu a publiés une semaine plus tôt, rédiger de vagues quatrièmes de couverture, répondre au téléphone, etc.

Chez Ubu, le téléphone sonne longuement. Personne ne veut décrocher. On s'y fait engueuler par les fournisseurs, les auteurs trépignants, les traducteurs, le père Ubu, etc. « Père Ubu, chevrotez-vous dans l'appareil, il y a monsieur… » « Foutez-moi la paix ! » hurle-t-il. Et il raccroche.

Il y a aussi les manuscrits.

« Oui, madame, je suis le responsable du service des manuscrits… *Un poisson rouge extraordinaire* ?… Le titre me dit quelque chose, en effet… Un manuscrit de sept cents pages, c'est cela !… Il est en lecture, madame… Tout à fait… Que dites-vous ? *Bubule* ?… *Bubule* est mort dans d'atroces souffrances ?… Ah ! c'est le nom de feu votre poisson… Je comprends… Vous me conseillez de lire les cent dernières pages sur son agonie… Je comprends… Oh là là !… Écaille par écaille !… Ah… Oh mon Dieu !… Oui… Je comprends… Il refusait les daphnies les derniers temps… Oui… Ah… Oui… Ah il a eu des enfants ?… Dans le deuxième tome ?… Vous préparez un deuxième tome… Neuf cents pages… Trois enfants… D'accord… Le tirage envisagé ? Mais madame, *Bubule* est aux mains du comité de lecture composé de moi-même et de mon double… Comment ?… Deux ans environ, madame… Oui nous recevons beaucoup de manuscrits, vous savez… Tout à fait… J'attends le second tome avec impatience… »

Il y a aussi les libraires.

« Quel titre, dites-vous ?… *Liliane va au lycée* ?… Votre cliente vous a dit que c'était publié chez Ubu-Import-Export ?… Non… Ça ne me dit rien… Ce n'est pas chez nous… *Liliane va au lycée*… *Liliane va au lycée*… Attendez… Attendez… Vous êtes sûr de ne pas confondre ?… Nous avons publié récemment une nouvelle traduction… Oui… Mais ça s'appelle *L'Iliade* et *L'Odyssée*… »

Au Salon du livre, le stand des éditions Ubu est entièrement noir. Seuls manquent les squelettes polychromes. « Ils sont fragiles ! » assure la mère Ubu. Le pavillon des éditions flotte sur un mât. On le voit de loin, on le redoute, le pavillon du père Ubu. Les navires voisins se méfient. Le vaste Ubu met son tricorne et l'on embarque pour la semaine folle et abreuvée, le Grand Palais tropical. Après avoir rangé cinq ou six tonnes de vivres, sous les yeux mous et furieux de la méduse, les matelots s'avachissent sur des chaises d'ébène. Il est dix-sept heures.

« Mère Ubu ! Pécheresse ! Foutue carcasse ! Où est mon bourbon ? ! » « Dans la réserve, comme d'habitude, mon chéri ! » répond-elle flattée. « Il y a cinq caisses. Et les glaçons chantonnent dans le coffre gelé, mon amour ! » murmure-t-elle. « Alors on y va ! C'est l'heure ! » Malheureusement, des officiels circulent dans de petites embarcations. Ils agitent des mouchoirs blancs. Le ministre voudrait visiter le stand étonnant. C'est Jack Le Squale. « Je ne veux pas de cette vasière, de cette ordure d'eaux troubles ! Je suis chez moi ! » hurle Ubu. « Que ses pieds de loup puant ne souillent pas mon sol ubuesque ! » Mais Jack insiste avec un sourire de requin. L'énorme méduse ondule devant lui, menaçante et obséquieuse. Elle essuie les compliments avec des gestes dégoûtés. Le *Gloria* de Vivaldi éclate dans les haut-parleurs du Grand Palais. La fête commence.

Le Salon du livre est une croisière ultime, une longue nuit blanche épuisante et délicieuse. On boit. On pille. On viole. La vie est brève. La vie est courtisane. On est sur la plus sublime nef des fous. Et partout, dans les grottes tragiques et fruitées, dans les membranes perdues de la mère, filon intarissable, gloire et misère échafaudées, les livres bruissent. « Ah ! dit Ubu. Écoutez ! Écoutez donc ! Mère Ubu, vieille rosse, écoute toi aussi ! Écoute-les ! Ça chante et ça sanglote ! Avant que nous ne reposions comme de foutus Portugais, unis et désœuvrés, maçon saisi dans la brique, banquier dans une lave de nerfs, pied contre pied, dent contre vulve, écoute ceux qui… ceux qui… » Il se verse la rasade tonitruante, l'alcool de Polyphème. « Oh, mère Ubu ! Est-il vrai qu'il faille mourir ? ! Loin des verres pylôniques, loin des cris et de l'agitation délicieuse ? ! Dieu du Portugal et des Banques Arnaquées, est-il vrai ? ! » « Père Ubu, Père des aulnes, calme-toi ! Tu as publié des livres ! Et ils chantent tout autour ! » « Oh mère Ubu ! Est-ce que je te verrai là-haut sur un tabouret d'excellence ? Serons-nous assis à la droite de saint Jérôme ?… Et la place Saint-Sulpice ? ! Est-ce qu'il y aura une place Saint-Sulpice ? ! Des cabanons verts dans la lumière de juin ! ! Une guinguette ! !

Des barbus farfelus !! Des podiums bavards dans les ténèbres dislocantes !! »

Chez Ubu, on commence à regarder fébrilement sa montre vers dix-sept heures. Sur beaucoup d'autres stands aussi. « C'est l'heure ! » annoncent les employés. On va dans la réserve chercher le bourbon d'Amérique. Des ailerons commencent à rôder, attirés par la lumière des verres comme par de petits phares côtiers, auteurs, défaites et présomptions, épaves glorieuses de la maison Ubu. « Ah, mes frères ! chante le tavernier aux lèvres de malt, comme je suis heureux de vous voir ! Ne vous étonnez point si vos livres ne sont pas sur les tables ! La vermine n'a pas fait son travail ! » Ubu se tourne vers les esclaves : « Racaille hors de prix ! Qu'on pose sur les tables noires, avec les précautions requises, le zèle non hypocrite, les livres de ces Messieurs ! Et laissez-leur vos sièges indus ! » Il est en sueur. Il s'assoit sur deux chaises. Il déborde comme un bloc de gélatine.

« Mes frères ! Laissez-moi vous raconter la dernière de ce minable ! » Un petit doigt dodu montre l'oncle avachi. Les seconds couteaux, les barbouilleurs de la cour Ubu tremblent et gloussent. « Cet improductif à qui je verse mensuellement cent rations, l'écrivaillon que j'eus la faiblesse d'accueillir, a fait des siennes hier soir, assez amusantes, ma foi ! » L'oncle salue et sourit. « Taisez-vous, l'oncle ! Je raconte moi-même ! Et n'abusez pas de mon bourbon ! » tonne Ubu. « Il était donc hier soir à un cocktail des Éditions Parvenues… » En langage ubuesque, les Éditions Parvenues désignent l'une des plus vieilles maisons du royaume. « Il y avait là-bas le gros poisson que je ne peux m'offrir, heureusement ! Ces salopards ont eu deux prix ! L'oncle était ivre, comme d'habitude ! Il a cru toute la soirée que la Parvenue, cette blondasse au vagin racoleur, était la garde des Sceaux ! Ah ! Ah ! Ah ! Il est vrai qu'il y a un petit air de ressemblance… Quand toute la vermine est montée banqueter et se soûler dans l'appartement du couple, cette crevette candide a été très étonnée de voir la garde des Sceaux déplacer des plats, des chaises, des tables… » Ubu prend soudain une voix niaise : « *Ah ! mais on vous fait faire la souillon, ce soir,*

Madame la ministre ! » a dit l'oncle somnambule. « Imaginez en plus son odeur fluviale de champagne ! poursuit Ubu. Ah ! Ah ! Ah ! Il lui a même pincé les fesses ! Devant le mari ! Ah ! Ah ! Ah ! » Ubu s'interrompt : « Mère Ubu ! Inutile femelle ! Va chercher du bourbon pour moi-même et ces messieurs courbés ! » Il reprend les mésaventures de l'oncle : « Cet embryon est même allé uriner dans une salle de bains privée, dérangeant au passage une héritière avachie devant M6 ! Ah ! Ah ! Ah ! Il a vu les dessous noirs de la Parvenue ! Il les a subtilisés pour moi ! Tout le Salon cherche le soutien-gorge ! Mais c'est moi qui l'ai ! Moi ! Regardez ! » Il sort de sa poche à billets les étoffes kidnappées. « Messieurs ! Nous allons accrocher cette prise de guerre au mât des éditions Ubu et narguer le vaisseau amiral ! »

Le Salon du livre, chez Ubu, est éreintant, comme nous le dîmes. Il y a les jours. Il y a surtout les nuits. Ubu est d'une grande largesse pendant la semaine sainte. Il est presque doux. Il offre des banquets nocturnes. Entre un banquet et une visite d'huissier, le délai est d'environ deux mois. On change de brasserie assez régulièrement.

On se répartissait, à demi titubant, dans une camionnette et des voitures, auteurs habitués, favoris du jour, perceurs de nuits idéales, masqués d'alcool et de vie courte. « Allez ! disait Ubu, Ubu le magnifique et l'exécrable, en route vers les crustaceries clignotantes ! Ramène-toi, mère Ubu ! » On commandait des viviers de langoustines en attendant Leurs Altesses, et l'on imaginait Ubu criant dans l'auto noire : « Mère Ubu ! Carcasse lente ! Tu t'es trompée de rue ! Ils bouffent l'argent que je n'ai pas ! » En effet, le joyeux comptable des éditions Ubu, l'homme des tâches obscures, des cavaleries bancaires, des stratégies acrobatiques, buvait whisky sur whisky : « Mais allez donc ! Tout est insolvable ! C'est un grand jeu ! Versez-nous, garçon noir et blanc, pingouin mortel, du pétrole de carapace, *pendant que le loup absurde n'y est pas !* »

C'est dans ces circonstances nocturnes que l'oncle rencontra un garçon chauve. Bruno Michel venait de publier deux titres, *Trahir* et *La Poursuite de la gloire*. Comme il avait bu, il était un peu ulcéré par l'humanité ivre et dérisoire qui l'entourait. D'ailleurs, quelques années plus tard, dans un réveillon, il adressera à ses congénères l'une de ses pensées sublimes : « Je vous hais ! Je vous hais ! » criera-t-il vers six heures du matin, hébété, en sueur, comme un homme opéré qui se réveille, inutilement rappelé à la vie pour de nouvelles souffrances, de nouvelles écorchures sans mère.

Ce soir-là, l'oncle et le chauve sympathisèrent. Il y eut quelques années amicales. Mais dans une carrière, on ne s'encombre pas d'amis. Bruno lui-même s'en plaignait étrangement : il répétait que les amis finissent toujours par trahir. L'oncle allait manger des surgelés dans un deux pièces dévasté. On regardait le congélateur où traînait un vague emballage, on le commentait comme une floraison de *l'ère du vide*. Bruno s'obstinait à infliger à l'oncle le film érotique du dimanche soir, les émissions les plus débiles de M6. Bruno avait toujours souhaité avoir un caniche. D'ailleurs, Bruno était très canin : parfois, il léchait les joues de l'oncle en rigolant. Il lisait le *Lac* de Lamartine avec une voix précautionneuse et il pleurait. Sa mère l'avait abandonné à sa naissance. « Je veux la gloire et la reconnaissance ! » disait-il sans honte, sans faux-fuyants. Il aurait voulu être un chanteur de rock comblé de femmes, mais il était devenu écrivain, en partie à cause de son physique désastreux et de son intelligence.

On se téléphonait pendant les longues heures de travail. Bruno, comme l'oncle, s'ennuyait atrocement. Tous deux se sentaient traqués dans une forêt sociale, obligés de changer de cache régulièrement, juste avant qu'on ne s'aperçût de leur inappétence. Seule l'écriture était un vrai métier. Bruno, peu à peu, finit par l'exercer. Avec un énorme succès. Son amitié pour l'oncle diminua à mesure que grandissait son succès, loi étrange.

Au bout d'un certain temps, l'oncle s'ennuya donc aussi aux éditions Ubu. La conjoncture économique était mauvaise. Ubu, quelques années plus tôt, avait embauché avec grandiloquence. Il fit à l'oncle l'une de ces propositions dont il avait le secret : « Cher enfant, approchez !

dit-il d'un ton sucré et plaintif. Notre situation est provisoirement désastreuse. Aussi, dans ma très grande bonté, qui n'a d'égale que ma sublime sincérité, ai-je réfléchi à votre avenir. Je vous propose donc un *faux vrai* licenciement, ou un *vrai faux* licenciement, si vous préférez ! » Après avoir versé à l'oncle et à lui-même une vaste rasade, il reprit avec des yeux de piège à loup : « Je vais vous expliquer... » Ayant écouté l'acrobatique Ubu, lequel proposait un départ *provisoire*, avec une joyeuse réembauche trois mois plus tard, l'oncle le regarda très gentiment : « Si je vous comprends bien, Ubu mon adorable, dans le cas du *faux vrai* licenciement je pars sans un sou ? » « Tout à fait ! Tout à fait ! Dans le cas du *vrai faux* licenciement, il n'y a aucune indemnité ! » Il était visiblement ravi que l'oncle eût saisi toute la subtilité de cette manœuvre géniale et généreuse. L'oncle fut très admiratif et opta pour un *vrai vrai* licenciement. Il venait d'avoir l'âge du Christ.

XIV

Le chômage présente un avantage extraordinaire : vous pouvez enfin retourner vivre chez vos parents à l'âge de trente-cinq ans. Vous devez remplir une condition : être célibataire. Si vous êtes marié, ne vous inquiétez pas : le chômage entraîne souvent un divorce rapide.

Grâce aux ASSEDIC, vous résistez environ deux ans à cette tentation fœtale.

Lorsque vous vous êtes inscrit à l'ANPE, vous avez considéré que vous n'étiez pas le plus à plaindre. Il y avait à côté de vous un homme d'une cinquantaine d'années avec une petite moustache. Il était extrêmement poli. Il sortait avec dignité les papiers qu'on lui demandait, toute sa vie professionnelle rangée méticuleusement dans une pochette. C'était visiblement un technicien qui s'était lentement hissé jusqu'à des fonctions d'encadrement modestes. On le brisait en plein élan laborieux. Il était indigné, mais d'une indignation irréprochable : le seul signe de colère qu'il laissait transparaître était cette politesse exagérée. Il s'apprêtait à sombrer dans une dépression nerveuse.

Vous préparez vaguement des concours. Vous cherchez mollement un travail. Les offres d'emploi vous font vomir. Vous vous inscrivez à l'association des anciens élèves d'une école très chic. Au milieu des années 1990, le chômage n'épargne pas de vagues camarades que vous retrouvez là-bas. Mais ils s'accrochent. Ils ont suivi un parcours nettement plus classique que le vôtre. La conseillère qui vous reçoit est débordée. Elle s'étonne de votre nonchalance et est très pessimiste.

La liste des choses qui vous font vomir est longue. Vous regardez les informations avec un plaisir masochiste. Le patron du MEDEF porte un pull rouge en cashmere sur les épaules. C'est l'été. Il est bronzé. Il est de très bonne humeur. Il s'indigne d'une hausse *intolérable* du SMIC. On aperçoit derrière lui quelques autres excréments du MEDEF. Ils portent tous des pulls rouges sur leurs épaules. Ils sont réunis en université d'été. Des fabricants de yaourt, des vendeurs de liquide vaisselle réunis en université, cela vous semble un peu contradictoire. Qu'est-ce qu'un chef d'entreprise ? C'est quelqu'un qui veut vous faire travailler douze heures par jour pour le prix de six. Il critique l'État et l'Administration, tout en mendiant des subventions. L'unique raison d'être de sa fabrique de bidets est de faire vivre dans l'opulence une famille d'imbéciles. Les enfants ont chacun leur voiture, ratent trois fois leur bac, séjournent longuement aux États-Unis, et vous regardent de haut.

Qu'est-ce qu'une démocratie ? C'est quelque chose qui peut aussi vous faire vomir. Dans un pays démocratique, le chef de l'État déclare ses revenus et indique le montant de ses impôts à ses concitoyens. C'est un geste admirable. Parmi les nombreuses définitions qu'on en peut donner, retenons celle-ci : une démocratie moderne est un système politique dans lequel des citoyens informés intensément, profondément lucides et parfaitement désintéressés, élisent comme représentant un homme qui gagne en un an ce que la plupart d'entre eux n'auront pas en une vie. De plus, c'est généralement un escroc qui se soustrait à la justice.

Vous habitez avec une grande dignité des studios de plus en plus petits. Vous vous étourdissez la nuit dans des boîtes un peu glauques. Vous oubliez de vous lever le jour des concours ou vous les ratez tranquillement. Vous voilà en fin de droits. Plusieurs fois, déjà, votre génitrice vous a proposé l'hospitalité. D'ailleurs, elle n'a jamais compris pourquoi vous avez quitté l'appartement familial à l'âge de vingt-six ans. Elle a cependant admis que vous trouviez un travail à vingt-quatre. Vous êtes un garçon. Il est normal que les garçons travaillent. Seuls les garçons doivent travailler.

Votre mère n'a jamais étudié ni travaillé. Son inculture lui a permis de développer des capacités de synthèse étonnantes. Elle a une vision d'ensemble de la société. Elle émet des théories sur le travail des femmes, la psychanalyse, le conflit israélo-palestinien, etc. Depuis que les femmes travaillent, la société est en plein déclin. Une femme qui travaille achète des surgelés, délaisse ses enfants, et divorce. C'est une prétentieuse dotée d'un cerveau. Elle a des orgasmes. La psychanalyse a pour but d'introduire la discorde dans les familles parfaites. On comprend mieux le conflit israélo-palestinien lorsqu'on connaît la voisine du dessus, une Juive qui nie le dégât des eaux qu'elle a causé. En réalité, votre mère n'a aucune opinion. La dernière, par exemple, a été empruntée à son fils aîné, un homosexuel refoulé qui pense que la voisine est une salope. Vous hésitez à les gifler tous deux : la femme que vous aimez est juive et ils le savent. Votre frère dîne presque chaque soir chez ses parents. Il se couche à vingt-deux heures. Il est sec et péremptoire. Il méprise les femmes. En fait, il méprise plus ou moins tout le monde. Il adore Proust et doit lire *Gala* en cachette. Proust est certes un peu juif. Mais c'est un homme, un grand bourgeois et un homosexuel masqué.

À vingt-six ans, vous quittez donc l'appartement familial une première fois. Vous êtes extraordinairement amoureux d'une fille de vingt ans. Grâce à elle, vous fuyez l'îlot grotesque où l'on a failli vous changer en pourceau. C'est l'un des plus grands moments de votre vie. Votre mère partage votre bonheur. Elle vous en donne la preuve quatre mois plus tard, quand vous lui annoncez que cette fille de vingt ans vous a quitté. Ses mots sont réconfortants : « Comme je suis contente ! Cette fille ne te valait rien ! » Heureusement, vous avez des amis chez qui vous avez pu aller pleurer. N'importe : quel que soit votre chagrin, vous avez franchi une étape décisive.

Vous voici pourtant à nouveau dans la chambre de votre enfance. Les aventuriers qui vous hébergent louent en effet le même appartement depuis cinquante ans. Faire les cent pas dans le même appartement pendant cinquante ans équivaut certainement à un tour du monde. L'un de leurs fils habite dans leur immeuble, trois étages plus bas. Son appartement est l'exacte réplique du leur. Il y vit avec sa famille. Peut-être se fera-t-il enterrer dans la cave. Un autre fils habite à cinq cents mètres. Pour se rendre dans l'une de ses dépendances, la mère met entre trente secondes et cinq minutes. À titre de comparaison, les avions américains les plus rapides mettent quelques heures pour aller espionner un coin de la planète. Dans sa sphère d'influence, une mère peut être aussi performante qu'un président des États-Unis. La tapisserie de votre chambre n'a pas changé. C'est vous qui la choisîtes à l'âge de douze ans. On vous a également alloué la pièce voisine, l'ancienne chambre de votre frère. Elle possède deux lits jumeaux. Vous voilà dans un coquet deux pièces chez vos parents avec votre chat. Quand il voit votre mère, votre chat est très nerveux.

Les premiers jours sont étranges. Vous ressentez incontestablement une sorte de joie puérile. Il ne manque plus que le sapin de Noël. Votre mère passe son temps à vous expliquer le règlement intérieur : les repas du soir se prennent à dix-neuf heures trente, il ne faut jamais laisser la porte d'un congélateur ouverte, le sel et le poivre se rangent toujours dans le placard de droite, vous devez mettre vos bières tout en bas du frigidaire. Le mammifère ouvre le frigidaire et vous montre son œuvre. Il y a des denrées à n'en plus finir. Le nom de chacune et la date d'achat sont méthodiquement notés sur les emballages. C'est un travail de professionnel. Le mammifère est joyeux et inquiet.

Les semaines qui ont précédé votre installation, vous avez surtout vécu la nuit. Vous gardez quelque temps votre rythme et vos habitudes. Dès la troisième nuit, vous ramenez une fille que vous connaissez vaguement, une habituée du Moloko. Jamila a vingt ans. Elle traîne toutes les nuits dans les boîtes. Elle habite chez une tante en banlieue. Elle a une angine. À cinq heures du matin, vous lui proposez l'hospitalité. Elle préférerait que vous la rameniez en banlieue, mais vous n'avez plus de voiture. Dans la nuit, vous lui caressez vaguement les seins. Vous entendez un grognement ensommeillé. Il n'y aura rien de plus. Coucher avec elle ou veiller sur elle, quelle importance ? Dans les deux cas, vous aurez eu l'illusion de l'avoir connue. De toute façon, l'alcool vous a déjà donné toutes les satisfactions du monde. Vous avez trente-cinq ans, des diplômes, un passé solide, une famille bourgeoise qu'elle n'a pas. Mais elle est naufragée comme vous. Pour elle, l'échec est une donnée sociale insurmontable qu'elle traînera sans doute toute sa vie. Pour vous, c'est un gouffre luxueux et provisoire.

Une nuit, au Bataclan, vous avez rencontré une gitane, elle aussi en perdition. Elle pillait plus ou moins des parcmètres. Elle avait les poches pleines de pièces. Cette nuit-là, elle avait ses règles. Elle était aussi ivre que vous. Vous l'avez embrassée dans l'aube, sur un grand boulevard vide, d'un baiser blessé et sans avenir. Et vous êtes allé avec elle boire des bourbons à n'en plus finir. Comme vous lui racontiez votre vie, elle a eu cette phrase : « Quand ils se mettent à délirer, les bourgeois sont les gens les plus libres du monde. » Sans doute. Ils en ont les moyens et la culture, et ils possèdent toujours des garde-fous. Il paraît que vous ressemblez à quelques oncles légendaires de votre père, des marins voyageurs, des épouseurs de prostituées. Votre père aurait pu être comme eux. Ou un petit aventurier urbain comme vous, avec ses limites bourgeoises. Non pas un homme de la grande débauche, mais une créature généralement ivre avec de la curiosité et de la tolérance. Malheureusement, beaucoup d'hommes ont deux couilles : l'une pour leur mère, l'autre pour leur femme, et aucune pour eux.

Il est midi. Jamila ronfle. C'est dimanche, le jour du déjeuner inextinguible dans les familles exotiques. Vous avez l'impression écœurante d'être au milieu d'un restaurant. Des relents de rôtisserie parviennent jusque dans la chambre, des cliquetis de couverts, des tintements. Le mammifère fébrile travaille dans le lointain. Le déjeuner est à treize heures. Vous essayez en vain de réveiller Jamila. Vous redoutez que votre mère vienne frapper à votre porte. Il faut prendre les devants. Vous vous rendez sur son lieu de travail. Les feux de la gazinière sont en liesse. Le mammifère ouvre le four, contrôle les bains-marie, remue les poêles. Les plats s'empilent méthodiquement, le poulet éternel, la salade, les fromages, la peur de manquer. Vous avez envie de vomir. Votre dernier whisky-Coca remonte à cinq heures du matin. Mais vous vous intéressez subtilement au travail du mammifère, vous humez ses plats avec enthousiasme, demandez conseils et recettes. Vous lui tapotez les joues. Vous le grattez derrière les oreilles. Tous les mammifères aiment qu'on les gratte derrière les oreilles. Il y a une certaine complicité. Après tout, vous avez nagé autrefois dans son ventre. Vous avez bu son placenta. Elle fut votre premier bar. Un jour, elle vous en a expulsé à regret. Aujourd'hui, vous allez de comptoir en comptoir chercher votre dose de liquide primordial. Les bars sont de grands utérus sombres et agités. Le mammifère est flatté, mais flaire quelque chose d'anormal. Vous vous lancez dans une histoire étonnante. Jamila, le corps qui gît dans le deux pièces, n'est absolument pas votre amie. C'est un malentendu. Jamila est en réalité une amie de Toto. « Oui, une jeune amie algérienne de Toto » dites-vous avec un sourire vaseux, tout en continuant à gratter le mammifère derrière les oreilles. Le mammifère aime beaucoup Toto, *le charmant Toto*. En effet, c'est un raté pacifique qui est retourné vivre chez ses parents après six mois de loyers impayés. Il ne présente aucun danger. Un homme de quarante ans qui n'a pas travaillé depuis plus de dix ans et vit chez ses parents est forcément une bonne fréquentation. Le mammifère aimerait certainement rencontrer la mère de Toto, cette collègue qui a si bien castré son garçon. Donc le pauvre Toto ne se sentait pas bien à trois heures du matin. Il est rentré chez lui. Il vous a confié Jamila. Ça ne vous enchantait pas, mais comme elle habite Sarcelles, etc. Vous ne pourrez pas vous joindre au déjeuner familial. Hélas non. Votre mère est un peu nerveuse. Observons un chat en plein conflit intérieur. Le chat est un félidé, un mammifère doux avec de la fourrure. Son cerveau est peu développé. Caressez-le longuement, puis repoussez-le brusquement. Sa queue s'agite nerveusement en tous sens, ses oreilles se dressent, il vous regarde stupidement : il se heurte à une contradiction insurmontable. Le petit animal qui vous a mis au monde s'agite pareillement dans la cuisine. D'un côté, c'est une bonne chose que vous montriez tant de prévenance et fréquentiez le charmant Toto. D'un autre côté, il y a dans le deux pièces une sorte de prostituée qui menace le déjeuner familial du dimanche.

Vers treize heures, Jamila s'éveille et prend possession de la salle de bains avec une grande aisance. Vous avez promis de désinfecter la baignoire après qu'elle s'y sera vautrée illicitement. Votre mère a déjà fait disparaître les draps impurs. Jamila ignore qu'elle se trouve dans un environnement hostile : au loin, une troupe de mammifères déchiquète un poulet élevé en plein air. Votre frère aîné doit être furieux. Vous l'entendez hausser le ton dans la salle à manger. Le raté que ses parents hébergent depuis quelques jours a tous les droits ! Il se lève à midi ! Il copule avec des putes émigrées ! En effet, vous êtes en train de sodomiser Jamila dans la salle de bains. Le lavabo auquel elle se cramponne remue dangereusement. Elle pousse des râles. Malheureusement, votre mère est revenue dans la cuisine avec les restes du cinquante-deuxième poulet de l'année. Elle vous demande si tout va bien. « Je suis en train de nettoyer Jamila ! » expliquez-vous. Vous vouliez dire « lavabo », bien sûr. « Je m'en occuperai moi-même ! » répond votre mère. « *Vas-y !* Occupe-toi de ta salade ! » lance l'exquise Jamila. Heureusement, vous avez réussi à couvrir sa voix en réaffirmant que vous nettoierez vous-même le lavabo avec du Monsieur Propre. « Tu n'es pas obligé de crier ! » remarque le mammifère, tandis que l'élégante Jamila hurle : « *Vas-y !* Tu vois pas qu'il me bourre le cul ? ! » Vers quinze heures, vous la ferez disparaître discrètement sans lui présenter *la bouffonne qui l'a énervée grave.*

Par la suite, vous adopterez un rythme plus languissant tout en continuant à éviter le déjeuner du dimanche. Vous recevrez de temps en temps des filles de votre monde. Vous aurez soin de les présenter comme de simples camarades. Votre famille les commentera affectueusement : une divorcée gentille mais fade, une enseignante sympathique mais peu intelligente, etc.

Puis vient le jour du départ. Vous avez finalement décroché un concours. Pourquoi cette année-là plutôt que les précédentes ? Tout simplement parce que vous avez repris contact avec la réalité. Pendant un an, vous avez travaillé à mi-temps. Pour aller dans un collège très luxueux et très catholique où tout le monde couche avec tout le monde, vous vous levez à six heures du matin. Le réel revient avec sa rude carrure de froid, de nuit, de RER. Il y a un grand parc et des chapelles partout. Vous allez régulièrement à la messe et faites semblant de chanter aux côtés de vos élèves. Des silhouettes de moines glissent dans les couloirs encaustiqués. Vous saisissez au vol des phrases magnifiques : « Certes, il n'y a pas de mathématiques chrétiennes… Mais il y a une façon chrétienne d'enseigner les mathématiques ! » Dans la division des sixièmes, l'abondance d'enseignantes blondes vous étonne. Elles ont les yeux bleus et de gros seins. La division des sixièmes est en effet tenue par un coureur de jupons chrétien, marié et sympathique. La plupart des blondes habitent Saint-Cloud ou Neuilly. Elles ont toutes une alliance en diamant. Vous saluez leur courage étonnant, proche du bénévolat. Vous n'avez jamais enseigné, mais votre CV de bonne famille a séduit. Vous voilà professeur de latin. Vous avez pourtant précisé que vous n'avez pas fait de latin depuis vingt ans. Ce n'est pas grave, ce sont des débutants, ils n'y verront que du feu. D'ailleurs, vous n'êtes pas le seul incompétent : la plupart de vos belles collègues ont également un niveau déplorable. L'essentiel est d'enseigner *de façon chrétienne*. Vous prenez donc certaines libertés avec cette discipline. Le manuel s'obstine à placer des accents sur les mots ? Qu'à cela ne tienne ! D'un geste digne de Pinel, le célèbre libérateur des fous, vous ôtez tous les accents, et saluez d'un bon mot cette révolution salvatrice : « Les accents ont toujours tort ! » déclarez-vous devant trente jeunes chrétiens. Vous choisissez avec soin des textes et des exercices à votre portée. Vous organisez vous-même des chahuts quand vous rencontrez une difficulté imprévue. D'ailleurs, au fil de l'année, vous laisserez subtilement s'installer un chahut général pour retarder votre progression dans un programme de plus en plus délicat. Au bout de six mois, vous êtes passé maître dans l'art de faire traîner longuement une version de cinq lignes au milieu d'un agréable brouhaha.

À l'âge de trente-sept ans, le petit mammifère quitte donc à nouveau ses parents. Votre mère a pris goût à votre présence. Elle ne vous lâchera pas comme ça. Votre père non plus ne vous aidera pas beaucoup à quitter le terrier. Il est certes rassuré que vous ayez retrouvé un emploi, mais il n'entend pas contredire son épouse. Vous devrez batailler.

Finalement, vous les quittez avec un énorme goût de poulet froid dans la bouche, dix kilos de plus, le souvenir du chômage et le sentiment que, décidément, vous passez à côté des choses essentielles de la vie. La colère commence à monter dans votre cerveau. Votre sang d'esclave chantonne sourdement.

XV

Comme on l'a vu, un métier est une occupation qui peut détruire la moitié de votre vie et même davantage. L'oncle a donc erré longuement avant d'en trouver un qui ne lui laisse pas cette impression atroce.

Qu'est-ce qu'un enseignant ? Examinons ce modeste croquis :

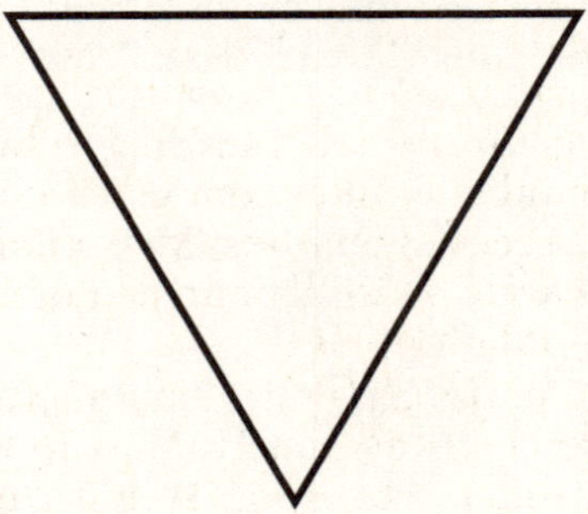

La première fois que l'oncle vit ça, il cria « Vagin ! ». C'était pendant une journée de formation joliment intitulée « L'enseignant, médiateur des apprentissages ». L'oncle était affalé au fond d'une salle de classe, vieille épave sauvée de justesse du chômage, parmi de jeunes collègues enthousiastes. Le formateur savourait l'effet de son dessin, entretenant un suspense séducteur. « Vagin ! » cria donc l'oncle. N'importe quel esprit sensé aurait réagi avec cette même élégance, cette même vélocité intellectuelle. Et puis le milieu enseignant semble majoritairement composé de femelles qui toutes ont lu au moins un livre dans l'année, généralement un prix littéraire, un livre de sexe qui fait scandale, ou le dernier catalogue de la CAMIF. Cette lecture annuelle venant enrichir un socle culturel constitué de *Belle du Seigneur*, d'ouvrages de Daniel Pennac ou de Le Clézio (dont elles ont un poster au-dessus de leur lit), et de quelques grands classiques qu'elles analysent chaque année avec une audace renouvelée, généralement des pièces de théâtre. Car elles adorent le théâtre. Elles sont obsédées par le théâtre. Nos amies artistes animent généralement un atelier au sein de l'établissement, ce qui leur confère une espèce de notoriété municipale et pour ainsi dire politique. Elles ont une mission. Elles produisent chaque année, dans une merveilleuse banlieue multiraciale, à l'« Espace Jacques-Brel », un spectacle à mi-chemin entre Racine et Mamadou Gnou. Qui est Mamadou Gnou ? Nul ne le sait. Le titre en est généralement *Couleurs du monde, Mon voisin nègre, Islam mon amour*, et très rarement *Chatte en furie*. On les félicite. Elles retardent l'insurrection de la banlieue. Elles sont généralement connes. Elles sont divorcées et éteintes. Mais comme elles sont professeurs, elles le paraissent un peu moins que la majorité de la population.

L'Éducation nationale était donc un vaste vagin. La réponse de l'oncle se défendait. Mais le formateur, un barbu sympathique, sursauta. Il émit un sourire entendu, croyant à un chahut, chose qu'il connaissait parfaitement. Il enseignait dans un collège magnifiquement calme, dont les élèves appartenaient à environ trente ethnies différentes. On se tapait harmonieusement dans une cour décorée de fresques naïves. Il avait les yeux cernés. Cette formation qu'il dispensait, ses congés maladie, son suivi psychiatrique constituaient une agréable bouffée d'oxygène dans une vie épanouissante. Il raisonna l'oncle. Il parla de « triangle pédagogique » avec une réelle et audacieuse excitation intellectuelle. Penchons-nous un instant sur le triangle pédagogique :

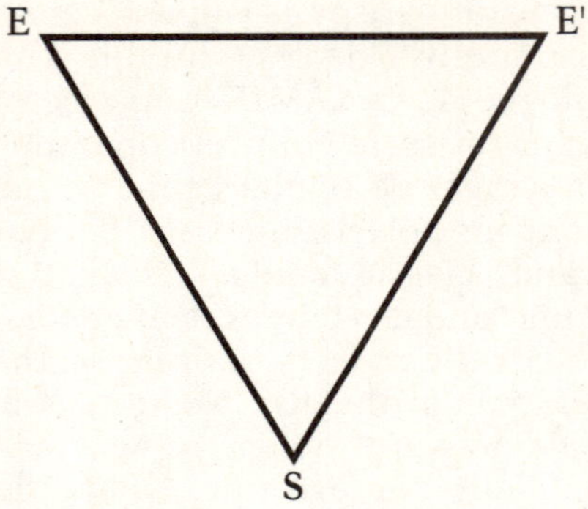

Les sciences de l'éducation, comme on le voit, sont particulièrement subtiles et éclairantes. Ce n'est pas pour rien que les pédagogues qui les ont inventées les considèrent comme des sciences. L'oncle se grattait la tête. Il n'était pas le seul dans la salle. Certains même se grattaient sous les bras et poussaient de petits cris. D'un geste vif, le barbu, un professeur de français doté d'une culture pluridisciplinaire, traça avec extase ces formules éblouissantes : « E = Enseignant », « E'= Enseigné », « S = Savoir ». L'oncle, qui commençait à entrevoir le problème, se lança dans un brillant commentaire : « Si je vous comprends bien, fit-il, tout le monde est à égalité dans ce système : E n'est pas supérieur à E' par rapport à S… » Le barbu le regarda avec des yeux brillants et reconnaissants : « Oui ! C'est ça ! C'est tout à fait ça ! » L'oncle était passé maître dans l'art de la prostitution. Il poursuivit, candide et enthousiaste : « Il ne s'agit plus de transmettre un savoir. L'enseignant n'en sait pas plus que l'enseigné. » Décidément, le barbu trouvait l'oncle très sympathique. « Et d'ailleurs, risqua l'oncle, particulièrement inspiré ce jour-là, il est presque préférable que l'enseignant en sache moins que l'enseigné, si j'ose ce paradoxe… » Le barbu eut un hoquet de joie. Il tenait en la personne de l'oncle un disciple : « Oui ! Oui ! C'est ça ! Oh oui ! » L'oncle maniait le barbu avec dextérité : « C'est un paradoxe, bien sûr… Nous n'irons pas jusque-là… Disons que E doit guider E' dans l'appropriation de S… » Le barbu poussa de petits gémissements : « Oh oui ! Ouuuiiiiii ! L'enseigné devient l'acteur de sa propre formation ! » L'oncle enflammé poursuivit son discours visionnaire. Il démontra finalement que S et E étaient obsolètes et disparaîtraient bientôt au profit de E'. Il s'empara du feutre turgescent du barbu, et traça génialement ce qui allait devenir le « rond pédagogique » :

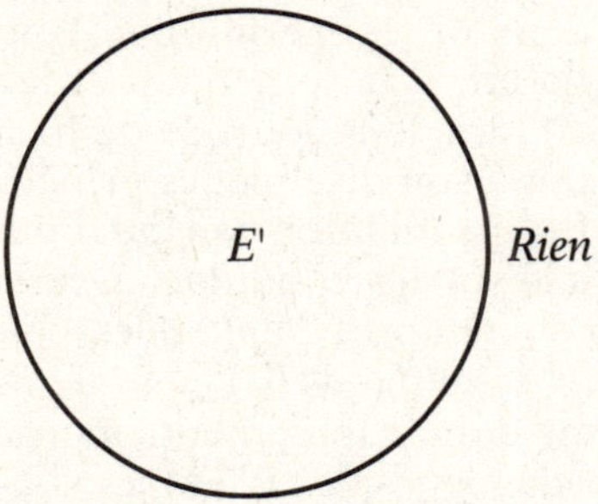

Le barbu se mit à jouir bruyamment. « Certains vous diront, poursuivit l'oncle, que les pédagogues ignares se moquent du monde… Des rebelles oseront sans doute dénaturer le concept du "rond pédagogique" » :

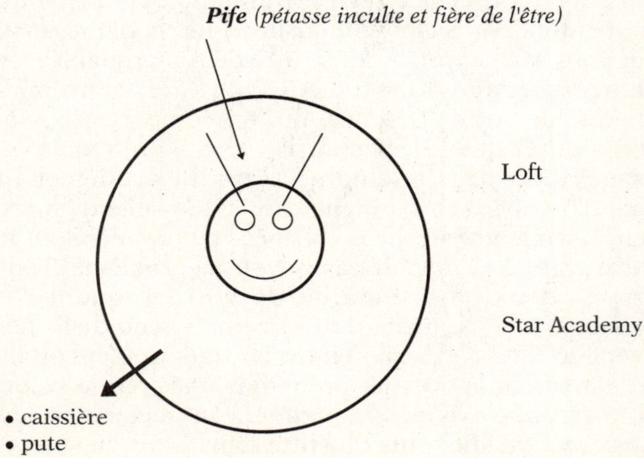

« Mais ces fanatiques du savoir deviendront de plus en plus minoritaires, et ils seront dirigés vers de petits camps de repos ! » conclut l'oncle pendant que le formateur à genoux le suçait en ronronnant.

Quelque temps après, on apprit que le barbu avait reçu un coup de couteau dans son collège. Ses collègues entamèrent une redoutable grève de vingt-quatre heures. L'enseigné présenta des excuses au « bâtard barbu », selon ses termes, et fut exclu pendant huit jours. Le formateur entra dans un congé illimité. Peu après, l'oncle reçut un mot de lui. Il le remerciait et le félicitait pour son intervention lors de la journée de formation. Il rappelait brièvement à son disciple les principes du triangle pédagogique. Enfin, il l'informait qu'il était en train de rédiger un article sur les conduites agressives en milieu scolaire : « En septembre, achetez les *Cahiers pédagogiques de l'Oise !* » triomphait-il.

L'oncle devint donc rapidement une pute experte. Il fréquenta les pédagogues de l'IUFM, c'est-à-dire des ratés, des arrivistes, ou les deux à la fois. Il mania les concepts : hétérogénéité, remédiation, savoir-faire, pré-requis, etc. Qu'est-ce qu'un « pré-requis » ? Prenons l'hypothèse suivante : vous voulez qu'un élève de terminale apprenne à tracer un trait rouge avec une règle. C'est votre objectif. Vous avez conscience qu'il est ambitieux. Mais vous y parviendrez : vous êtes enthousiaste, méthodique, et surtout vous avez appris à construire de remarquables « séquences pédagogiques ». Au cours de la première semaine de votre séquence, qui en comporte six, vous vous assurez que l'élève maîtrise deux « pré-requis » indispensables pour atteindre l'objectif : distinguer une règle d'un stylo, et distinguer un stylo rouge d'un stylo bleu. Normalement, si vos collègues de première ont fait leur travail, il ne devrait pas y avoir de problème. Toutefois, la deuxième semaine de votre séquence est consacrée à la « remédiation » : compte tenu de l'« hétérogénéité » des élèves, il s'en trouve toujours sept ou huit qui maîtrisent le premier pré-requis mais pas le second, ou le second mais pas le premier, ou aucun des deux. Donc, on remédie. Puis on entre dans le vif du sujet : la troisième semaine est consacrée au maniement simultané de la règle et du stylo, mais sans traçage de trait. En effet, introduire prématurément cette difficulté dans votre « progression pédagogique » foutrait en l'air votre séquence : un inspecteur, fût-il le moins borné, le moins lâche, le moins corrompu des inspecteurs, remarquerait cette erreur dans votre cahier de textes, et risquerait de retarder le remboursement de votre pavillon pourtant minable. La quatrième semaine, on abordera le traçage du trait. On utilisera avec succès la « pédagogie décentralisée ». La pédagogie décentralisée consiste à diviser la classe en groupes. C'est le bordel. L'enseigné adore la pédagogie décentralisée. À la fin de la quatrième semaine, on proposera un « diagnostic », qu'il ne faut pas confondre avec l'« évaluation finale » prévue à la fin de la séquence. On aura soin de présenter cette dernière sans solennité excessive : des traits approximatifs, même tracés à la main et au stylo bleu, feront l'affaire. On valorisera les traits tracés au stylo rouge mais sans la règle, ou les traits tracés à la règle mais avec un stylo d'une autre couleur. On accordera le maximum des points lorsque les deux consignes auront été respectées. Au cours de l'année, on procédera régulièrement à des « réinvestissements de l'acquis ». Par exemple, dans le cadre d'une séquence intitulée « Souligner le titre d'une œuvre », dont la durée n'excédera pas sept semaines, on s'appuiera sur le « savoir-faire » précédemment acquis.

L'oncle passa une année merveilleuse dans des régions baignées par l'Oise. Il était amoureux. Le train, chaque matin, surplombait des hortillonnages. Il apprenait des choses essentielles et riait beaucoup. C'était comme un camp de vacances : des animateurs proposaient des ateliers de yoga, de danse africaine, de pratique théâtrale.

Dans une autre formation, joyeusement animée par un proviseur et une conseillère principale d'éducation, il eut à réfléchir intensément. Qu'est-ce qu'un conseiller principal d'éducation ? Autrefois appelé surveillant général, le conseiller, ou plutôt la conseillère, lit aujourd'hui avec avidité des ouvrages tels que *Adolescence en danger, Anorexie et Échec scolaire, Petit Ours brun,* etc. Elle ne jure que par la psychologie. Elle raffole de divorces frais. Elle décrypte les teints pâles, les yeux cernés. Elle est au courant des tentatives de suicide, hélas ratées, car une copie de moins c'est toujours ça de pris. Elle explique interminablement les échecs scolaires pendant les conseils de classe. Vous aussi, mais brièvement et pas de la même manière. Ne perdez pas votre temps à essayer de lui faire comprendre qu'il y a des cons incurables, des glandeurs de naissance. On risque de vous traiter de janséniste : Dieu n'a pas accordé sa grâce à tous les enseignés. Le proviseur distribua de petits papiers pliés. Ils avaient dû les rédiger pendant l'heure du déjeuner. Il y avait des taches de gras et de vin rouge. Sur le polo verdâtre du proviseur aussi. L'oncle eut de la chance, il tira un bon papier : « Vous êtes dans un couloir. Au moment où vous passez devant un petit groupe d'élèves, vous entendez : "Eh bâtard !" Quelle est votre réaction ? » L'oncle improvisa une réponse courageuse : « Je feins de n'avoir pas entendu. Je poursuis mon chemin avec une grande dignité. J'ignore les crachats qui pleuvent, etc. » Les deux minables acquiescèrent : c'était une attitude raisonnable. Notons que l'oncle fut confronté un peu plus tard à une situation presque semblable : à un jeune inconnu qui lui présentait une main dont seul émergeait un médius dressé, il répondit par un bras d'honneur. L'enseigné fut surpris… Revenons aux petits papiers. Un camarade de l'oncle eut moins de chance : « Vous sortez de l'établissement. Devant la grille, un père d'élève furieux vous attend avec un fusil à pompe. Quelle est votre réaction ? » Ça c'était de la question. Personne n'avait la réponse. Le proviseur rota et regarda Madame Groin avec confiance. La conseillère principale d'éducation prit les choses en main avec beaucoup de sérieux. En fait, il suffisait d'inverser le problème… Derrière les comportements agressifs se cachaient souvent de profondes blessures… Les agresseurs étaient en fait des victimes… Ce père souffrait terriblement… Il fallait lui montrer que vous ne lui vouliez aucun mal… Que vous n'alliez pas l'attaquer sauvagement… « Voyez-vous ? fit-elle d'une voix maternelle, je crois qu'il faut lui sourire, simplement lui sourire, et caresser avec une bonté mystérieuse le canon luisant de son fusil... » Le proviseur interrompit Madame Groin : « Bien sûr, ce genre de cas est exceptionnel... » Ils avaient eu pourtant une mère de famille avec une hache, un soir d'été. Ils l'avaient attrapée au lasso. Ça n'avait pas été simple parce qu'elle s'était réfugiée sur un arbre. « Vous vous souvenez, Madame Groin ? » fit le proviseur en imitant le geste du lasso.

XVI

Le Val-d'Oise est réputé pour son taux d'échec scolaire, l'un des plus élevés de France. Citons quelques villes agréables du Val-d'Oise : Garges-lès-Gonesse, Gonesse, Goussainville, Sarcelles, Stains, Villiers-le-Bel, etc. Au début de sa carrière, l'oncle enseigne simultanément dans deux communes de ce département. Ce privilège est réservé aux débutants, qui bénéficient ainsi d'un emploi du temps particulièrement chargé. Pour aller du lycée Waterloo au collège Walt-Disney, le bus met seulement une demi-heure. Les voyageurs sont vêtus de boubous.

Le collège Walt-Disney est classiquement composé de trois grands blocs, de quelques jolis préfabriqués, et d'un parc agréable. Il y a aussi un parking qui est la sortie de secours des enseignants. On ne comprend pas très bien comment la violence a pu s'installer au milieu d'arbres touffus et d'oiseaux frivoles. S'il y a quelque chose qui mérite de survivre à notre espèce admirable, c'est bien les arbres et les oiseaux. Quoique les oiseaux soient des salauds : ils s'assassinent dans les secrètes frondaisons et bouffent sauvagement des insectes crus. Par ailleurs, ils se lèvent dès quatre heures du matin et font un vacarme épouvantable. Il y a de la violence chez les oiseaux. On ne se sent pas en sécurité avec les oiseaux.

Le principal du collège Walt-Disney est un porc. Il est grossier, lâche et incompétent. Il est entouré d'une équipe de jeunes professeurs à son image. Tout ce joli monde s'est fait une espèce de position au milieu du désastre. Ils jouent au tarot ensemble et boivent après les cours. Chez eux, ils regardent M6 ou jouent avec leur Play Station. Ils accueillent les nouveaux avec méfiance.

D'une manière générale, la lâcheté, la médiocrité, le cynisme, la démagogie, la mauvaise foi, l'escroquerie sont les qualités les plus répandues parmi le personnel du collège Walt-Disney.

Il y a aussi les grabataires. Ils sont proches de la retraite ou frôlent la cinquantaine. Certains ont la trentaine. Ils ont acheté un pavillon à côté du collège et y mourront. Passer d'un monde à l'autre ne les changera pas beaucoup. Leur activité cérébrale est pratiquement nulle. Ils parlent essentiellement de leur chaudière qu'ils ont réparée pendant le week-end. Ils s'enquièrent avec inquiétude des programmes en vigueur dans les lycées. Y enseigner serait pour eux une catastrophe. D'ailleurs, ils n'arrivent plus à suivre leurs enfants dans leur propre discipline. Ils ne réagissent plus à rien. Ils se sont habitués au pire. Chez certains, le stress et l'humiliation sont devenus une drogue.

Tout le monde finit par s'habituer à l'enfer. La véritable distinction se fait entre ceux qui s'habituent et acceptent, et ceux qui s'habituent mais n'accepteront jamais. Une personne normalement constituée ne peut pas rester plus d'un an au collège Walt-Disney.

Dès la première journée, on comprend où l'on est. Des scientifiques cherchent avec persévérance d'autres formes de vie dans l'univers. Ils ne cherchent visiblement pas dans la bonne direction : les Martiens sont au collège Walt-Disney, dans tous les collèges Walt-Disney du monde. Une belle journée composée de huit rounds séparés par des coups de gong commence. Les premières bagarres collectives éclatent. Les enseignants ont un sourire las et blasé. Les élèves les bousculent et les injurient en riant. C'est une forme de communication tout à fait normale. Les nouveaux de sixième semblent un peu perturbés. Les pompiers et la police viennent chaque jour. On s'enferme à clé dans les classes. Des petits groupes passent en hurlant dans les couloirs et donnent des coups de pied dans les portes. Des projectiles lancés depuis le joli parc jaillissent de temps en temps par les fenêtres. La routine reprend. C'est la semaine de rentrée.

La semaine de rentrée et celle précédant les grandes vacances constituent deux grandes attractions du collège Walt-Disney. La dernière semaine est peut-être encore plus intéressante que la première. On conseille aux nouveaux de quitter le collège groupés à cause des projectiles. Un enseignant isolé est une cible tentante. Une phalange héroïque courant vers la sortie en impose et dissuade. Pourtant, les conseils de classe sont très humains au collège Walt-Disney : tout le monde passe dans la classe supérieure. Il n'est nullement question de retarder plus longtemps dans sa scolarité un enfant de quatorze ans qui s'est hissé hardiment jusqu'en cinquième. On ne comprend donc pas très bien pourquoi la dernière semaine est encore plus amusante que les autres, pourquoi des troupes d'élèves veulent prendre d'assaut la salle des profs. C'est un malentendu.

Au collège Walt-Disney, les surveillants passent leur temps à jouer aux cartes dans un petit local. On a du mal à les distinguer des élèves, surtout les grands Noirs. Ce sont des « emplois jeunes ». Ils ne sont pas encore tout à fait au chômage. Ils font des études ou des trafics. On ne sait pas trop. Ils sont indifférents à la débâcle générale. Ils pensent que le système est de la merde. Ce en quoi ils ont parfaitement raison.

Le principal adore écrire. C'est l'une de ses occupations favorites avec manger, hurler, se faire insulter, recevoir des chaises lancées des fenêtres, etc. Il inonde les nouveaux de très beaux conseils pédagogiques. Il leur rappelle les bases du métier, lequel consiste essentiellement à ne pas faire de vagues. Par exemple, si l'on se fait cracher dessus ou voler son portefeuille, délits somme toute modestes et bien compréhensibles, il est inutile de faire un rapport et de demander une sanction. « Que cela soit bien clair, chers collègues, conclut le principal, l'administration ne vous soutiendra pas : sachez vous faire respecter ! »

La conseillère principale d'éducation a les yeux cernés. Elle applique les consignes du principal avec un zèle admirable. Il est inutile de compter sur elle en cas de difficulté : elle est du côté des élèves, elle est même agressive quand on lui remet un rapport sur l'un d'eux. Cette stratégie paraît efficace pendant quelques semaines. Puis, on la voit de plus en plus en larmes dans les couloirs. L'oncle lui tend des mouchoirs avec une certaine joie. C'est triste à dire, mais enseigner rappelle une chose importante sur l'humanité : l'humanité préfère le fouet à la caresse. En tout cas, si vous caressez, il faut toujours garder le fouet dans l'autre main.

Les plus grandes putes sont les enseignants qui font bloc autour du principal. La plupart ont entre vingt-cinq et trente ans. Ils viennent du « triangle pédagogique ». Ce triangle vérolé produit des ministres démagogues, des inspecteurs lâches et arrivistes, des pédagogues dogmatiques, des enseignants incultes, des cyniques, des imbéciles, etc. Quelles sont les méthodes des putes ? Leurs élèves apprennent des choses complexes. En troisième, ils recopient des listes de vocabulaire ou colorient des figures géométriques sur de magnifiques cahiers. Les putes adorent les cahiers. Les élèves sont prévenus : un cahier mal tenu obtiendra nécessairement la note de douze sur vingt. Les putes sont aussi friandes de débats sur le foot, sur la violence, sur le Val-d'Oise, sur tout ce qu'on veut. C'est important l'oral. Les élèves réussissent bien à l'oral. Pas moins de quatorze à l'oral. Les moyennes chez les putes sont donc excellentes. Un élève du collège Walt-Disney qui a fréquenté les putes passe brillamment en seconde, où sa moyenne chute d'environ dix points. C'est le fameux choc de la seconde, explique-t-on. Et puis, cinq sur vingt au lycée, c'est plutôt encourageant. Les élèves ne comprennent donc pas pourquoi ils ont des notes cruelles avec les nouveaux. Le contraste les rend nerveux et désobligeants. D'autant que Monsieur Pute leur dit que Monsieur Nouveau est en effet très sévère, mais qu'il n'est là que pour un an. « Prenons le cas de Fatima » explique Monsieur Pute. Fatima a treize ans et est en sixième. Certes, elle est analphabète. Mais son cahier est assez bien tenu. Et à l'oral, elle est très vivante. Elle a douze avec Monsieur Pute et un avec Monsieur Très Méchant. Elle aime beaucoup Monsieur Pute qui a su reconnaître ses grandes capacités à l'oral. C'est vrai qu'elle parle tout le temps avec ses voisins. Elle est très mondaine Fatima. Comme elle ne comprend rien, il faut bien qu'elle s'occupe. L'oncle l'aime quand même la grosse Fatima. Elle a bon cœur. Elle apprend activement son futur métier : elle est toujours volontaire pour ramasser les papiers par terre, nettoyer les tables, ou ranger les chaises à la fin de la journée.

Le dispositif disneysien est efficacement complété par une enseignante syndicaliste. Qu'est-ce qu'un enseignant syndicaliste ? Il est généralement « hors classe ». Il siège en effet dans les commissions qui attribuent les grades les plus élevés de l'Éducation nationale et autres petits avantages. Appliquant avec enthousiasme les principes généreux du syndicalisme, il fait souvent preuve d'une grande solidarité avec ses collègues, notamment les nouveaux, en se réservant les meilleures classes et les meilleurs emplois du temps. Il est généralement fort en gueule et s'oppose par principe au chef d'établissement, tout en négociant en sous-main. Il connaît deux ou trois journalistes de la presse locale qu'il utilise à l'occasion. On objectera qu'il n'est nullement besoin d'être syndicaliste pour appliquer ces nobles principes. C'est vrai : bon nombre d'enseignants deviennent de véritables notables dans leur établissement et vous font les pires saloperies. L'oncle se souvient d'une année particulièrement instructive. C'était dans un joli lycée à Clichy. Le proviseur n'avait rien d'un plaisantin. C'était un homme à poigne, chaleureux comme un iceberg. Son lycée ressemblait à un congélateur tout neuf. On y était très humainement accueilli : les huit femelles savantes qui enseignaient le français se mettaient d'accord pour refiler aux nouveaux les classes les plus pourries, le mathématicien de génie qui tenait l'unique classe préparatoire vous considérait sympathiquement comme un cafard, les autres enseignants vous demandaient courtoisement de quitter immédiatement une salle où vous n'aviez rien à faire puisque c'était la leur depuis toujours, etc.

Au collège Walt-Disney, on ne comprend pas très bien à quoi sert la syndicaliste. Les enseignants y brillent par leur apathie et leur absence de sens critique. Jamais d'assemblées générales, jamais de grèves impromptues. Pas même le plus petit conflit entre fumeurs et non-fumeurs. Un établissement digne de ce nom est en effet le terrain de luttes sauvages entre fumeurs et non-fumeurs. On peut parfois assister à des empoignades verbales déchirantes. Car c'est un clivage politique essentiel le tabac. Même ceux qui ne participent jamais aux convulsions collectives se réveillent brusquement et deviennent des citoyens redoutablement actifs dès qu'il s'agit de traquer les fumeurs. Mais au collège Walt-Disney, tout va bien. La syndicaliste est une blonde de cinquante ans qui s'affaire nerveusement un peu partout. Elle porte toujours des survêtements blancs, des chaussettes blanches, des chaussures blanches. Elle doit en avoir des quantités infernales. C'est impressionnant tout ce blanc. On se pose nécessairement des questions. Il faudrait approfondir. La connaîtrait-on dans toute sa complexité d'être humain, il faudrait répondre à cette question importante : pourquoi s'habille-t-elle toujours en blanc, entièrement en blanc ? Elle ressemble à une majorette ménopausée ou à un chasseur alpin. Elle trafique avec l'IUFM. C'est une prof d'anglais.

S'il fallait établir une hiérarchie des enseignants selon leur virtuosité intellectuelle, ce à quoi évidemment nous répugnons, et bien sûr en tenant compte de nombreuses exceptions, il faudrait sans doute regrouper dans une même catégorie nos adorables collègues d'anglais, de sciences naturelles, et de physique-chimie. Un prof de sciences naturelles – qu'on appelle aujourd'hui les sciences de la vie et de la terre, deux entités subtilement distinctes – s'obstine à enculer des grenouilles avec un thermomètre ; puis il les dissèque. Il lui arrive aussi de masturber un criquet avec une pince à épiler. Un prof de physique-chimie vient très rarement en salle des profs : il fait la plonge dans son laboratoire, les yeux fixés sur une photographie de Max Planck ou d'Einstein. Il y a un peu de haine dans son regard. Quant aux profs d'anglais, ils parlent anglais. Ils parlent anglais entre eux dans la salle des profs. C'est un spectacle imposant. Le muscle puissant qui leur a permis d'apprendre cette langue doit être régulièrement entretenu. On ne sait pas trop ce qui se passerait, sinon.

La majorette du collège Walt-Disney est une salope. Un jour, le principal affiche un article de *France-Soir* dans la salle des profs. Bien en évidence. Il organise un cocktail avec le pâté de la cantine. La majorette est à la fois triomphante et nerveuse. Le principal explique la différence entre *France-Soir* et *Le Parisien*. *France-soir*, c'est bien plus prestigieux, à cause de l'audience nationale. On ne comprend pas tout ce qu'il dit parce qu'il a beaucoup de pâté dans la bouche. Il sent la sueur généralisée. Que dit cet article ? Le journaliste a fait un vrai travail de journaliste. On devine une déontologie admirable. Il a interviewé le principal et la majorette. Il a donc une vision d'ensemble du collège Walt-Disney. La majorette syndicaliste parle au nom de tous ses collègues, paraît-il. Sans nier de petites difficultés dues au contexte, le journaliste affirme que ce collège autrefois explosif est devenu un lieu de vie harmonieux depuis l'arrivée du principal. C'est même « l'un des plus tranquilles du département ». S'appuyant sur les propos d'une prof d'anglais « très investie dans son travail », il explique que la « réussite féerique du collège Walt-Disney » est due à des méthodes pédagogiques « innovantes », à « un intense travail d'équipe », à une « très bonne entente » entre les membres de la communauté scolaire. Et ainsi de suite. Les putes taquinent gentiment le principal : avec cet article, sa mutation est assurée ! Il espère depuis longtemps un poste de proviseur dans un lycée hôtelier. Là-bas, sous des ombrages vosgiens, il pourra enfin boire et manger à gogo, et trinquer annuellement avec un sous-préfet. Il salive. Le rectorat est content. Le ministre aussi.

III

Linge sale

XVII

La sexualité de l'oncle est devenue légèrement désastreuse. Il faut dire qu'elle a commencé assez mal.

Dans la seconde moitié du XXe siècle, quelques années après la conquête de la Lune, de sympathiques médecins scolaires divisaient le monde de l'adolescence en deux. On ressortait de la visite médicale avec l'une de ces deux étiquettes essentielles : « puberté acquise » ou « puberté non acquise ». Ces messieurs avaient la délicatesse de ne pas vous tamponner la queue : ils inscrivaient l'une ou l'autre de ces formules sur un dossier qui répertoriait chaque bête du cheptel français. L'oncle fut rangé du côté des ténèbres. Il se mit donc à orner son slip de divers objets : balles de ping-pong, mouchoirs, etc. Sa famille, qui était également d'une grande délicatesse, l'aida efficacement en ne lui parlant jamais de sexe. Pendant de longues années, il crut donc que sa puberté n'était pas « acquise », ce qui retarda considérablement son dépucelage et fut la source de souffrances aujourd'hui comiques.

Revenons un peu en arrière. L'oncle a trois ou quatre ans. Il est assis sur une gazinière. Une gazinière, comme le cheval ou le four à micro-ondes, est une conquête très importante de l'homme. Elle prolifère dans les années d'obscurantisme qu'on appelle les « trente glorieuses ». Elle sert à faire cuire les aliments. Elle possède un capot rabattable. L'oncle est donc assis sur le capot d'une gazinière, quelque part dans les rudes années 1960. Sa mère a décidé qu'il devait aller se promener dans un square. Il n'est visiblement pas d'accord avec elle. Il lui pisse dessus pendant qu'elle l'habille. Pour la seule fois de sa vie, il vient de se servir de son sexe avec un grand naturel.

Qu'est-ce qu'un pied à coulisse ? C'est un instrument en métal qui sert à mesurer, avec une grande précision, les épaisseurs et les diamètres. Par exemple, si vous voulez connaître les dimensions d'une noix vous utiliserez un pied à coulisse. C'est donc un instrument particulièrement recommandé pour mesurer les couilles. Quand il avait seize ou dix-sept ans, l'oncle connaissait par cœur les dimensions moyennes d'un testicule et les différents stades de son développement. Il utilisait intensément le pied à coulisse. Visiblement, le volume du testicule varie selon les heures de la journée, la température, la fréquence des masturbations, etc. Les deux millimètres gagnés le matin fondaient dans l'après-midi. L'oncle en déduisait que, décidément, sa puberté n'était pas « acquise ». La cause en était bien évidemment un recours forcené à l'onanisme, dont les ravages ont été furieusement répertoriés au XVIIIe siècle par Samuel-Auguste Tissot, docteur, suisse et protestant. L'oncle nomma sa pathologie « syndrome des noisettes » et vécut dans le silence, remettant toujours au lendemain une brève visite chez un médecin qui eût mis fin à ses tourments délectables.

Faut-il interdire aux adolescents toute documentation pornographique ? Non, bien au contraire. C'est une source d'informations très sûre et elle peut épargner bien des souffrances ridicules. Si vous avez quelque chose à cacher à vos enfants, faites-le négligemment, dans des endroits parfaitement visibles. Entourez nettement sur le programme de télévision les heures de diffusion de quelques chefs-d'œuvre comme *Mets-m'en plein la fente, La doctoresse aime les grosses bites*, etc. L'oncle regrette d'avoir vécu son adolescence dans les années 1970 : les supports pornographiques y étaient nettement moins nombreux et accessibles qu'aujourd'hui. La première fois qu'il vit une revue chez un camarade, il constata qu'il vivait depuis longtemps dans une cruelle illusion, que non seulement la nature ne l'avait pas oublié mais qu'elle l'avait même choyé dans la fabrication d'un organe essentiel. De guerre lasse, il finit par acquérir sa puberté dans les bras d'une demoiselle en qui il avait toute confiance. Il avait vingt ans. Le mâle était fait.

Lorsque vous avez cru pendant des années être atteint du « syndrome des noisettes », votre sexualité a des chances d'être magnifiquement épanouie. Vous passez d'abord pour un « allumeur ». Les filles vous obsèdent, mais comme votre « puberté non acquise » vous retient au bord de l'acte, elles restent sur leur faim. Vous osez un baiser vers l'âge de dix-sept ans, année des slows torturants. Puis voici les vacances scolaires, les derniers jours du mois d'août, les soirées encore douces, l'herbe haute des prairies. La lycéenne anglaise qui est allongée à vos côtés se demande pourquoi vous ne lui avez toujours pas enfoncé un doigt. Vous idéalisez l'amour tout en vous masturbant frénétiquement. Ne vous inquiétez pas : une fois l'initiation passée, vous quitterez les landes désespérantes du romantisme pour sombrer brutalement dans la pornographie, laquelle est tout aussi réjouissante et vous accompagnera toute votre vie. Si vous avez la chance de rester quelques mois avec la créature qui vous a dépucelé, vous expérimenterez avec une rapidité déconcertante les pratiques les plus variées, et les sentiments amoureux qui vous avaient poussé vers elle passeront largement au second plan. Le romantisme exacerbé mène en effet directement à la pornographie. Il n'y a pas de milieu. Rongé par le « syndrome des noisettes », vous risquez également d'être soupçonné d'homosexualité. En tout cas, vous êtes quelqu'un de mystérieux : vous ne parlez pas des filles et vous répugnez à vous dénuder dans les vestiaires. Il est vrai que perdre un testicule dans un vestiaire est assez gênant, surtout quand il est rond et qu'il rebondit avec un bruit bizarre.

Vous voici en marche sur le chemin glorieux de l'amour physique. Vous avez quarante ans. Il est cinq heures du matin. Vous avez bu environ quinze bières. Vous êtes dans un deux pièces. À cinq heures du matin, un deux pièces que vous ne connaissez pas est généralement glauque. Celui-ci l'est particulièrement. On y sent un laisser-aller extraordinaire. Il y a des slips partout, des mégots écrasés, une vaisselle de quinze jours habilement répartie, etc. Même chez vous cela n'a jamais été aussi catastrophique. La dernière fois que vous avez vu un tel désordre et une telle saleté, c'était chez votre copain Toto. Comme on le sait, il vit dans une chambre de bonne au-dessus de l'appartement de ses parents. Il a arrêté de travailler depuis dix ans. Quand vous lui parlez de travail, il a un regard un peu fou et presque menaçant. Vous avez passé des nuits à boire avec lui. Vous l'aimez bien. Mais quels que soient ses reproches pathologiques envers la société, vous trouvez qu'il se laisse aller, que la vie mérite mieux que ce qu'on en fait. Et vous n'aimeriez pas être à sa place. Il est cinq heures du matin. Vous tenez un verre sale rempli de vin blanc. Vous n'êtes pas chez Toto. En fait, vous ne savez pas trop où vous êtes. Vous jetez des regards un peu perdus dans une pièce désastreuse. Il ne manque plus qu'une clocharde, pensez-vous. Levez la tête : elle est là. Une inconnue vous a ramené chez elle. Elle est assise sur une sorte de banquette. Son visage est vert. C'est peut-être dû à la couleur des murs. Vous aussi, vous ressemblez certainement à un cadavre. Si elle vous disait qu'elle vous désire comme une chienne ou si elle se jetait sur vous, vous céderiez peut-être. Après tout, vous l'avez suivie chez elle plus ou moins pour ça. Elle avait des seins intéressants, mais ils sont maintenant bizarrement avachis. En fait, ni elle ni vous n'avez envie de passer à l'acte. Elle a bu une dizaine de bières, elle articule très mal. Elle vous dit qu'elle est bisexuelle, qu'elle travaille de temps en temps. Beaucoup de gens sont bisexuels. Ils sont visiblement de plus en plus nombreux. C'est peut-être une étape avant la disparition définitive des sexes. Vos années de chômage vous reviennent et vous avez envie de vomir. Vous avez eu la chance de vous en sortir. Une espèce de compassion vous monte dans le cœur. Mais c'est aussi de vous-même que vous avez pitié. En rentrant chez vous, vous vous branlerez à l'aide d'Internet ou vous ferez cuire des nouilles. Vous êtes presque heureux. La nuit aurait pu être nettement plus catastrophique : vous auriez pu vous réveiller dans un lit incompréhensible aux côtés d'une inconnue qui ne désire qu'une chose, vous voir partir, et qui ne partage avec vous que la pulsion de l'erreur.

Qu'est-ce qu'une brosse à dents électrique ? C'est évidemment un instrument qui sert à masser vigoureusement le clitoris, les petites lèvres et les grandes lèvres. Allez dans une grande surface, constatez combien la concurrence est féroce, le nombre de modèles vertigineux. Vous qui êtes un habitué des sex-shops, vous retrouverez la même atmosphère au rayon des brosses à dents électriques : quelques spécialistes rôdent longuement avant de se décider. Choisissez-en une à plusieurs vitesses. N'hésitez pas à prendre la plus chère : celle dont la brosse principale tourne à la vitesse désirée, va et vient verticalement, cependant qu'une petite brosse supplémentaire vibre. Cela dit, le modèle courant fera tout aussi bien l'affaire. L'oncle eut l'intuition de la véritable finalité de cet appareil une nuit d'automne. Citoyen ordinaire doté d'une sexualité ordinaire, il vient d'attacher sa compagne à l'aide de diverses ceintures. Il partage la vie de cette femme depuis quelques mois. Elle est divorcée. Elle a trois enfants. Ils sont chez le père. Comme beaucoup de citoyennes ordinaires, elle aime qu'on l'attache et la fouette délicatement. Elle a visiblement choisi son lit à cette fin. Un ancien amant lui a offert un long fouet noir. Ayant épuisé les joies de cet instrument, l'oncle se trouve à court d'idées. Il se verse une grande rasade de Ricard et réfléchit dans la cuisine. Il se dirige brusquement vers la salle de bains et s'empare de la brosse à dents électrique des enfants. C'est un modèle bleu pâle, orné d'écureuils et de petits lapins. La compagne de l'oncle proteste un peu. Puis elle comprend que cet appareil lui rendra de grands services jusqu'à la fin de ses jours.

L'oncle a souvent été attiré par les femmes mûres, signe sans doute d'un complexe d'Œdipe irrésolu. Grâce aux technologies qu'il exploite, Internet satisfait les goûts sexuels les plus pointus. Ses arborescences litigieuses peuvent vous mener au cœur exact de votre labyrinthe intime. Techniquement, il est possible, par croisements successifs de critères, d'aboutir à l'image absolue autour de laquelle gravite toute votre sexualité : une vieillarde obèse, chauve, enchaînée, suçant un adolescent tchétchène en collant rose, enculée par un épagneul breton en porte-jarretelles, lui-même aux prises avec une Japonaise poilue ornée d'un godemiché géant, laquelle a le cul dilaté par le canon d'un char américain, etc. C'est ce qu'on appelle la mondialisation. Elle a visiblement un rapport atroce et nécessaire avec l'infiniment petit. Il n'est pas improbable qu'un jour les cellules qui composent votre corps deviennent des consommateurs indépendants auxquels des entreprises s'adresseront malgré vous. Imaginez que chacune – elles sont environ cent mille milliards de milliards – soit munie d'une carte bleue. En attendant, vous pouvez déjà vous contenter des catégories courantes qu'offre ce magnifique marché de frustrations. Tous les sites d'amour proposent, entre autres, trois catégories à peu près similaires : *mature, grannies, housewifes.* La dernière offrant l'illusion qu'on pénètre dans l'intimité d'un foyer, dont la femme désœuvrée attend l'adultère : votre jouissance virtuelle se double du plaisir trouble d'avoir des capacités sexuelles supérieures à celles du mari. Visiblement, ces égouts enchanteurs s'adressent aux adolescents en manque d'inceste. Selon les slogans répétitifs de ces sites, ces femmes sont « au sommet de leur maturité sexuelle », elles sucent « comme jamais vous ne l'avez été ». D'ailleurs, elles sont testées : « Pour les tester, nous les baisons », expliquent des bandeaux raffinés. Bref, « elles aiment la bite » au-delà de tout. Beaucoup sont trop jeunes et manquent terriblement d'authenticité. N'hésitez pas à contester la qualité de ces sites, même s'ils sont gratuits. N'oubliez pas que vous êtes un consommateur, et donc que vous avez des droits. Intentez également des procès aux peep-shows qui, incontestablement, ne sont plus ce qu'ils étaient. Sur Internet, avec un peu de chance, vous tomberez parfois sur une espèce de bourgeoise déroutée ou sur l'une de ces fameuses « historiennes » des *Cent Vingt Journées,* dont les fesses sont fripées et flasques comme des serpillières. En matière de sexe, l'incontournable inventeur d'Internet sera toujours Sade.

Etc.

Tout cela est finalement très positif. Au bout du compte, vous êtes un esprit sain. Vous êtes très à l'aise avec les femmes. Vous les tenez en haute considération. Vous vous mettez à écrire des textes qui, incontestablement, sont des hymnes à l'amour. Qu'on en juge plutôt...

L'expérience de Petit Camp *peut se poursuivre indéfiniment. Il y a, par exemple, les clepsydres. Toutes nos clepsydres sont ainsi conçues : le corps de l'épouse, dont on a mesuré le volume, est suspendu à une potence métallique ; une perceuse électrique fait un trou au fond du vagin ; l'opération s'appelle la défloraison ; les cuisses sont maintenues écartées par un cric, afin que l'écoulement du sang ne soit pas gêné ; le sang va dans une vasque... La clepsydre la plus utile mesure le temps de cuisson de l'œuf à la coque ; l'épouse se vide en quatre minutes ; l'œuf est mangé autour de la vasque ; on trempe la mouillette dans le sang... Il y a aussi la clepsydre de quarante heures ; l'épouse se vide par un tout petit trou ; durant cinq jours, à raison de huit heures par jour, le Garagiste contemple l'inutile écoulement... Toutes ces opérations effectuées sur le corps ressemblent à la manipulation, par ennui, d'un trombone. (...)*

L'expérience de Petit Camp *peut se poursuivre indéfiniment. Il y a, par exemple, l'épouse à moteur. Le mouvement des reins de l'épouse se commande ainsi : dans l'épaule droite béante, la clavicule a été remplacée par une poignée de mobylette. L'homme doit être sanglé en prévision des vitesses supérieures. L'écartement ou le resserrement du vagin, ainsi que sa lubrification, nécessitent l'introduction d'un doigt dans l'anus, afin d'atteindre une espèce de crochet. La langue raide de l'épouse obéit à deux mouvements : nettoyage des narines de l'homme, ou pénétration de sa cavité buccale. (...)*

L'expérience de Petit Camp *peut se poursuivre indéfiniment. Il y a des corps cousus deux par deux, trois par trois, quatre par quatre, etc. La configuration la plus répandue est la paire. On utilise du fil de fer. Un homme et une femme sont cousus debout, face à face, aine contre aine – leurs lèvres parfois jointes en un baiser indéfectible. La paire possède quelques fonctions organiques simples. Par exemple, l'œsophage de l'homme a été sectionné et raccordé à l'estomac de la femme ; la femme digère une bouillie versée dans le bec de l'homme ; l'homme, sa vessie raccordée aux glandes lacrymales de la femme, urine ; les yeux suintent. La paire a une durée de vie de quelques heures. À la fin, elle est hissée sur un gibet. La paire tourne lentement dans le ciel. L'homme regarde la femme soudée à lui. Il urine dans ses yeux.*

XVIII

Comment s'intégrer sympathiquement dans une famille monoparentale ? Comment bâtir une harmonieuse famille recomposée ? Après avoir vu un documentaire sur les lions – les émissions sur les animaux offrent des repères moraux particulièrement adaptés au monde moderne –, l'oncle peut donner de bons conseils, d'autant qu'il échoua lui-même à résoudre ce problème, n'ayant visiblement pas appliqué la bonne méthode.

Les lions, outre qu'ils sont les rois des animaux, appellation qui doit nous faire réfléchir et nous inciter à les prendre en exemple, les lions, donc, sont des êtres sensés et amicaux. Les lionnes tuent en groupe. Les lions se battent entre eux ou dorment. Ils dorment plus qu'ils ne se battent. Il fait très chaud. Les femelles forment des troupes. L'unique but des mâles est de prendre le contrôle d'une de ces troupes, afin de se reproduire et de manger gratis. Soient deux mâles isolés, Maurice et Léon. Ils ont repéré une opulente entreprise de chasseuses, mais elle est déjà contrôlée par deux autres mâles, heureusement plus chétifs qu'eux. Après un bref et harmonieux carnage, Momo et Léo s'emparent de la coopérative africaine. Les femelles accueillent leurs nouveaux dirigeants avec fatalité, bien que leur cœur soit brisé, même si le reportage ne le dit pas. Deux d'entre elles, pourtant, semblent inquiètes. Koumba et Sara, en effet, ont eu le temps de faire chacune trois enfants avec les anciens dirigeants. On ne connaît pas leurs prénoms, mais ils sont très jeunes et très mignons, bien qu'étant de futures brutes. Les deux lionnes sont très inquiètes. Elles connaissent la vie des savanes. Léo et Momo n'ont nullement envie de se transformer en beaux-pères. Les lions, par ailleurs, c'est connu, ne sont pas très paternels. Ils ont repéré la descendance de leurs prédécesseurs, et voici ce qu'ils se disent entre eux : les peluches, là-bas, on va s'en occuper. Une des règles du reportage animalier est de ne pas perturber le sympathique équilibre de la nature. C'est même la règle essentielle du reportage animalier. Sauf, peut-être, dans des cas exceptionnels : quelque cameraman soudain mordu aux couilles par un singe. Le commentaire est objectif, fataliste et rassurant : Maurice et Léon ne peuvent pas laisser en vie les enfants de Sara et de Koumba, car ils constitueraient *une redoutable concurrence* pour leur propre descendance. Tout est question d'équilibre, donc. La suite n'est pas filmée au ralenti. C'est dommage. On ne voit pas très bien. Ça va trop vite. Est-ce Léo ou Momo qui arrache la tête du premier lionceau ? Peut-être faudrait-il écrire au courrier des téléspectateurs et regretter la façon expéditive dont a été filmée cette scène. Quelque temps après, on voit que Léon et Maurice ont réussi leur insertion, leurs babines sont légèrement rouges. Ils vont pouvoir maintenant procéder à des accouplements productifs, tâche agréable. Durant deux ou trois jours, le lion et la lionne s'isolent du reste de la troupe, qui respecte leur intimité. Ils baisent tous les quarts d'heure, ronronnent, se font plein de petites agaceries félines. La quiétude de Maurice et de Léon est pourtant assez brève. Une fratrie de quatre mâles adultes rôde autour de la troupe et attend son heure pour en prendre à son tour le contrôle. Le combat aura lieu la nuit – le reportage en profite pour vanter la prodigieuse vision nocturne du lion, *six fois supérieure à celle de l'homme !* Le téléspectateur normal, un mâle adulte d'environ quarante ans, se dit qu'à la place de Léo et de Momo il s'éclipserait prudemment et irait sodomiser un zèbre. Ce n'est pas ça qui manque dans la savane. Mais non. Momo et Léo restent courageusement. La nuit tombe. On entend des rugissements vraiment bien. Le jour se lève. On apprend que Léo a été tué, et on voit une espèce de loque pelée et solitaire qui se traîne : c'est Momo. Le commentaire devient lyrique. Mortellement blessé, Momo cherche un coin pour agoniser. On le plaint vraiment l'infanticide Momo. « Et il s'allonge pour la dernière fois... *(on voit en effet Momo qui s'allonge, et qui lèche avec une grande difficulté un bout de serpillière rougeâtre, ou si l'on préfère un reste de son flanc gauche)...* Le lion est vraiment le roi des animaux ! » C'est comme ça que ça finit.

On objectera peut-être que l'oncle n'a pas réellement répondu à la question initiale sur l'insertion dans une famille recomposée ? En partie, quand même. Et puis un peu de patience.

L'oncle rencontra sa seconde tentative de suicide affectif un week-end de Pentecôte, un long week-end déglingué et merveilleux. Elle n'avait pas la garde de ses enfants. Puis ils revinrent. Certes, l'oncle s'y attacha et ils s'attachèrent à lui. Et même, faut-il l'avouer ? ils lui manquent parfois. Pourtant, la plupart du temps, l'oncle se demanda ce qu'il faisait dans tout ça. Et il lui arrive de penser que la solution des lions est la bonne : faire table rase.

XIX

Examinons cette seconde tentative de suicide affectif.

Il y a en février une semaine qui annonce le printemps, une parenthèse radieuse au milieu de l'hiver. L'oncle la guette et l'espère chaque année. Un soleil extraordinaire s'installe dans la ville pendant quelques jours. La température est celle du mois de mai. On boit du rosé frais aux terrasses stratégiques. Les corps lumineux se sourient à nouveau.

C'est l'instant rêvé pour commettre le premier adultère de votre vie, avec un magnifique sentiment de libération et d'impunité salvatrice.

Il est vrai que vous prenez un antidépresseur depuis peu. L'*Adultera 500* commence à faire sauter finement vos verrous. Vous ressentez un besoin irrépressible de changement.

La femme avec qui vous vivez est en vacances dans la région Poitou-Charentes. On y mange très bien. Il y a des élevages de cochons et des champs. Là où il y a des cochons les nitrates se multiplient. Les enfants jouent. Il pleut. Dommage que vous n'y soyez pas !

En effet, vous êtes à Paris sous le soleil radieux. Vous visitez une exposition sur les arts mortuaires, paradoxalement pleine de vie. Vous êtes avec une brune un peu folle que vous connaissez depuis quelques jours. Elle porte un slip sombre comme le vin, mais vous ne le savez pas encore. Elle fait de la sculpture. Elle est grande, sensuelle et névrosée. Sa mère est psychiatre, son père aussi. Elle les déteste. Vous vous extasiez tous deux devant les objets résurrectionnels : un crâne aux orbites pleines de perles, une tête primitive remplie de paille luxuriante, un squelette teutonique qui rit dans une armure luxueuse avec une mâchoire en or, etc.

Puis voici la terrasse tranquille, la grande bouteille de rosé, un tavel à 14°. Florence boit. C'est une jeune femme inquiète et vivante qui aime intensément les toxiques. Dès la première gorgée, votre cerveau reconnaît l'alcool et vous ouvre par avance la voie des libertés mineures. La gorgée roule lentement parmi les synapses et fait briller les yeux.

Florence vous invite chez elle. Elle met de la musique. Vous découvrez pour la première fois la voix de Nina Simone. Florence fut employée dans un hôtel où la chanteuse séjourna. Il y avait des drogues. Vous découvrez donc les premiers accords mélancoliques de *Wild is the Wind,* pendant qu'elle prépare un joint aussi gigantesque que l'instabilité de l'amour. Vous pensez un instant à la femme que vous allez tromper nécessairement. Cela ne dure pas. Car maintenant, *dans la semaine qui vous sauva*, vous buvez le lac opaque et intense, l'oubli et la vivacité. Vous voudriez dire que son cul sur vos lèvres n'était pas pornographique, alors dîtes qu'il fut très généreux, plus vaste et plus jubilant qu'une grotte aux algues noires – et pour cette raison, pour la raison qu'elle vous donna le lait de la séparation, vous lui devez une sorte de reconnaissance éternelle.

Car comment ou pourquoi quittâtes-vous imparfaitement la femme des nitrates, votre seconde tentative de suicide affectif ?

C'est le début somnambulique et douloureux de vos quarante ans. Vous écrivez des lettres grandiloquentes pour essayer d'y voir clair. La première est pour Florence.

Que les corps s'éloignent vite, les verres de rosé, les soleils…

Me voici au seuil d'un grand isolement, écrivant aux fantômes.

Dénudé.

Dépouillé de celle qui était mon garde-fou. Dépouillé de tous les instants, des gorges, des à-pic, des rivières et des villes. Elle aimait la route et nous avons voyagé.

Pourquoi t'en parler à toi ?

Cette vie est une longue série de séparations. Nous nous séparons d'êtres que nous ne cesserons jamais d'aimer.

J'aimerais avoir ton corps ce soir. Ce corps de trente ans, avec sa rivière et sa réponse.

Écoute-moi.

Calme mon inquiétude devant la solitude et la dispersion qui menacent.

J'envoie des lettres un peu partout comme une aiguille sans pôle. J'ai peur de moi, de ma liberté. De ce gouffre dans lequel je déverse tant d'alcool.

Pour la première fois de ma vie, je vais me séparer d'une femme. Cette décision que je dois prendre m'est plus pénible qu'à tout autre. Car il en est une essentielle que je n'ai jamais prise, qui tyrannise ma faculté de décider : elle est de ne pas m'être séparé de ma mère. Et je retrouve en quittant cette femme toutes les craintes puériles qui me retiennent de quitter cette mère : le même sentiment de culpabilité, la même peur de blesser, la même terreur d'apparaître au grand jour. Car décider, dans ce genre d'affaire, c'est finalement se dénuder totalement devant l'autre.

J'ai, dans ma vie, esquivé beaucoup de choses, je me suis terriblement caché. Vivre caché, non pas pour être heureux, mais pour échapper au regard d'une grande inquisitrice : ma mère, telle qu'en elle-même et telle que je l'ai bâtie en moi-même. Un bâillon, une poire d'angoisse, une tyrannie finalement sans amour. Car l'amour, on peut l'espérer, est une négociation permanente entre deux puissances qui veulent se contraindre l'une l'autre.

Etc.

Florence est surprise. Votre compagne ne l'intéresse pas. Votre mère non plus. La sienne lui suffit amplement, « une salope qui ne pense qu'à sa carrière ». Elle est depuis six mois séparée d'un grand amour. Elle ne s'en remet pas. Les sentiments lui font peur. Vous allez boire encore des verres ensemble. Elle s'enivre follement. On l'expulse des bars. Elle passe quelques nuits avec vous. Elle s'enfuit à l'aube pendant que vous dormez. Il n'y aura rien d'autre. Votre premier adultère s'achève. Il a rempli sa fonction.

Commencer la relation d'une histoire d'amour par l'adultère qui y mit fin maladroitement est sans doute révélateur de ce qu'elle fut. Nous nommerons Cruella votre seconde tentative de suicide affectif, en référence aux *101 Dalmatiens.* Dans les *101 Dalmatiens,* Cruella cherche à se faire un manteau en peau de chien. Fort heureusement, le dessin animé finit bien : les chiots réussissent à sauver leur peau. C'est la morale de ce film admirable : tous les chiots, même le 102ᵉ, finissent tôt ou tard par sauver leur peau.

Cruella était violente, sexuelle, égoïste, inculte et finalement malheureuse. Vous l'avez aimée.

Raconter une histoire de haine ou d'amour est une chose difficile. Il faut trouver un angle d'attaque, aussi misérable et mensonger soit-il. N'hésitez pas à insérer des intermèdes. Par exemple, au moment où vous rédigez ce paragraphe, on sonne à la porte de votre studio. Vous abandonnez votre bière et votre joie. Vous apercevez dans l'œilleton une créature qui brandit des pantoufles. C'est une femme d'environ soixante-quinze ans. Elle est accompagnée d'un vieil homme fatigué. Il se tient légèrement en retrait. La femme agite les pantoufles géantes devant l'œilleton. Vous hésitez grandement à ouvrir. « C'est du 44 ! Il faut absolument que tu les essaies ! » Dans le *judas,* le vieil homme baisse la tête. Vous ouvrez avec une immense lassitude. Un flot de paroles sans intérêt s'engouffre dans le couloir. Une angoisse millénaire et improductive envahit votre studio. Cette marée insensée, cette inintelligence métaphysique, ce contre quoi vous luttez depuis votre naissance, la chose qui s'acharne, qui revient toujours à la charge, qui chutera dans la tombe sans avoir rien compris, agite des pantoufles neuves devant votre nez. En effet, vous dit-on, vos précédentes *charentaises* étaient visiblement usées. « Les commerçants, mes vassaux, dit-elle, ont répondu à mon inquiétude. Ils importèrent des territoires mesquins ces deux petites prisons fourrées. Nous t'ordonnons, cher embryon, de les porter. » Vous mettez rapidement votre mère à la porte.

Voici donc votre deuxième tentative de suicide affectif. C'est un samedi soir, veille du long week-end de la Pentecôte. Vous êtes avec John, votre vieil ami éditeur. John a soixante ans et en paraît cinquante. Il aime les garçons depuis toujours et les jeunes filles depuis peu. Il a une cour intellectuelle et sexuelle qu'il mène comme un vieux père tyrannique et bienveillant. Dans le bar qu'il fréquente, vous rencontrez un type sympathique sur un fauteuil roulant. On parle, on boit abondamment. John ou quelqu'un d'autre propose d'aller aux Satellites, une espèce de boîte « où l'on danse et drague infiniment ». Dans les rues onctueuses, vous poussez le fauteuil roulant, vous courez, le type est ravi. Vous avez l'impression d'être le bienfaiteur de la nuit, vos actes sont bons et purs. C'est l'été. John, le vieux juif hollandais, poursuit une conversation dont il a le secret sur le complot éditorial qui s'acharne contre lui, sur la petite France détestable, sur les situationnistes, etc. L'important est qu'il parle et jubile sans fin. Vous voici dans le tumulte des Satellites. Vous faites fureur avec le fauteuil roulant. On vous entoure précautionneusement. Vous laissez John et le fauteuil dans la foule. Vous allez boire.

Une petite femme pas très belle, déjà ivre, danse avec trois hommes de passage. Elle a les yeux fermés et le sourire de l'oubli. Votre instinct de chasseur repère immédiatement la proie simple, la femme sexuelle et désespérée du samedi soir, dont on abuse ou qu'on protège selon l'humeur morale, mais qu'on protège toujours avec une arrière-pensée de profit. Vous buvez lentement au comptoir. Vous faites tourner le verre dans votre main, le long verre de gin comme un membre de violence glacée et de force ironique. Mais ce soir l'alcool ne sera pas une compensation, car vous lui êtes supérieur. Vous regardez les quatre corps avec des yeux abstraits, comme dans une partie de billard où la femme est la boule inimportante, frappée dans un vertige de queues. Cruella titube. Vous comprenez qu'elle se moque de tout. Elle rentrera peut-être seule, mais au moins la nuit clinquante et maudite sera passée. Elle se masturbera, et la chose sera dite. Les dimanches où les enfants sont chez le père, Cruella se réveille avec une gueule de bois terrible. Il y a parfois un préservatif usé à côté de son lit. Mais elle ne se souvient de rien. Vous souriez à travers le verre glacé. Elle sourit aussi. Les assoiffés se comprennent vite. Vous vous mêlez à votre tour au ballet nuptial, et, au terme d'une brève sélection naturelle, vous chassez les hommes aux culottes tourmentées, sous leur malédiction muette et consentante. Car cette nuit-là vous étiez le mâle dominant, à cause d'une euphorie illimitée et non coupable.

Vous invitez Cruella à boire un verre au comptoir. Elle a une jolie voix d'ange essoufflé, des lèvres d'alcool pur. Elle vous présente l'amie avec qui elle est venue. Annie est célibataire et a quarante ans. Elle a les yeux incroyablement cernés. Elle accompagne toujours Cruella dans ses virées. Elle sort avec acharnement. Elle a l'illusion qu'elle rencontrera un homme. Mais elle repart toujours seule. Elle est maigre et triste. Elle n'a pas d'enfant. Vers quarante ans, beaucoup de femmes s'affolent. À quarante-deux, elles paniquent. Les hommes les fuient. Ils les trouvent pesantes et malheureuses. Elles cherchent trop ostensiblement un reproducteur. Les hommes veulent simplement copuler. Ou s'ils souhaitent un fils glorieux, ils se tournent vers des femmes plus jeunes. C'est humain. Les plus adroites chient un enfant en catastrophe, dans une panique biologique consternante, au prétexte qu'elles seront bientôt dans l'impossibilité de le faire. Or elles devraient examiner d'abord les raisons désastreuses pour lesquelles elles furent sans descendance jusqu'à cet âge. Annie vous contemple avec regret. Mais elle n'applique pas la bonne méthode. Cruella rencontre les hommes qu'elle veut. Elle a depuis longtemps assouvi ses pulsions maternelles. Elle a trois enfants. Elle veut seulement baiser ou être moins seule. C'est tout. Les hommes le sentent et vont vers elle avec des glandes lourdes et une rage cachée.

Il est quatre heures du matin. Cruella est totalement ivre et ne peut pas conduire. Annie prend le volant, gentille, désœuvrée et sans homme. Vous posez des questions mondaines. Annie est aide-ménagère. Elle habite un studio à Aubervilliers. Il n'est pas très grand, mais il y a une mezzanine. Elle voudrait changer de métier, devenir aide-soignante ou passer des concours, mais elle n'a pas le bac. Elle fait le ménage chez les vieux et aide les Arabes à remplir leurs papiers administratifs. Si elle avait de l'argent, elle s'inscrirait dans un club de rencontres. Elle répond parfois à des annonces, mais les hommes sont décevants. Cruella dort à moitié, penchée en avant. Elle se redresse brusquement toutes les trente secondes, puis se rendort. On dirait une serpillière accrochée à la ceinture de sécurité. Vous êtes très à l'aise dans les nuits catastrophiques. Vous pérorez à l'arrière de la 309, attentif et sensible aux vies modestes. Vous vous extasiez quand on arrive dans la rue de Cruella. Cette rue, en effet, vous la connaissez par cœur. Votre ancienne épouse, Jojo, l'aristocratique Jojo, Jojo aux mains soyeuses, y exerça avec rage et mépris l'emploi absurde de secrétaire médicale. Le destin est en train de vous fabriquer une nuit terrible, dans un chaudron de ricanements.

N'hésitez pas à être sordidement chrétien dans la relation de cette nuit. De toute façon, vous étiez ivre. Vous ne vous souvenez pas de tous les gestes que vous expérimentâtes sur le corps dégradé.

Il faut extraire Cruella de la 309. Annie vous regarde faire. L'extraction est longue et burlesque comme une descente de croix. Vous pensez un instant que les Romains ont dû payer des déménageurs pour décrocher le Christ. Décrocher le Christ ou extraire une alcoolique d'une 309 est une affaire de professionnels. Une petite femme ivre est aussi lourde qu'un dieu inerte. Les professionnels ne sont pas nécessairement parfaits. Les déménageurs du Christ ont sans doute commis des erreurs techniques. Par exemple, l'un d'eux n'a peut-être pas assuré correctement sa prise, et le Nazaréen est tombé, sous les jurons multiples des collègues, dans la veille rouge du sabbat. Ou bien Jésus, dans un réflexe *post-*

mortem, a peut-être lâché d'abondants derniers gaz, occasionnant des mouvements de recul, des basculements d'escabeaux, puis sa chute. Plusieurs hypothèses sont possibles. Dans certaines pietà, les femelles qui entourent l'homme tombé du *bois fourchu* ont l'air très affligées, à juste titre : en effet, sa culotte courte est déchirée et son corps un peu sale, en raison de la chute causée par les incompétents. Le retable de Van Nevroos accorde une place importante à la culotte courte. Sur l'un des panneaux, le disciple préféré la montre du doigt à Marie. Sur le panneau central, Marie recoud la culotte de son fils avec un air de reproche. À la même époque, un autre artiste hollandais, Van Psychoos, a représenté un autre aspect de cette scène. Sur le panneau de gauche, la génitrice est à quatre pattes et frotte hystériquement le corps de son fils avec une éponge. Sur le panneau de droite, elle astique la croix avec un torchon de cuisine avant de la ramener chez elle, où elle conserve d'autres vestiges. On raconte notamment qu'elle garde dans une boîte les premières dents de Jésus, et même son cordon ombilical, dont elle estime qu'il lui appartient. Van Psychoos l'a d'ailleurs représenté dans une zone obscure du panneau central : le cordon desséché et rabougri est symboliquement posé à côté d'un crâne. Mais revenons à sainte Cruella, patronne des prostituées et des boissons. Pendant que vous procédez maladroitement à son extraction, vous profitez de son état pour vérifier *l'hypothèse du string*. Car une telle fille ne peut porter qu'un string rouge, le string onirique, le pagne d'indécence, le linge aigu des crucifiés, etc. Vous soulevez donc la jupe et palpez la zone, le nylon incestueux, la porte souple de Saint-Pierre, l'ambassade des pluies tropicales, avec une austérité malsaine et faulknérienne. Puis vous calez vaguement le corps contre le capot et refermez la portière. Elle tombe. Vous l'aviez plus ou moins prévu. Mais l'ivresse vous ôte la conscience de la douleur des êtres. En tombant, ses cheveux vous giflent comme des épines rougies. Elle est maintenant assise sur le trottoir. Elle rit longuement et vomit du vin.

Vous la portez en titubant. Vous aimeriez être un boucher. Les bouchers portent des quartiers de bœuf sur leurs épaules. Leurs épaules sont blanches et calmes. Vous arrivez tant bien que mal avec des rires internes dans l'appartement de Cruella. Elle court vomir aux toilettes. Annie propose de faire une omelette. Vous avez donc tout le loisir d'examiner le salon, dont vos amis diront plus tard qu'il y règne « une violence exceptionnelle ». C'est une grande pièce légèrement courbe. Les murs sont approximativement *jaune d'œuf*, le sol est *épinard*. Mais ce qui frappe d'abord, c'est l'omniprésence du rouge, un rouge sombre qu'on appelle classiquement *sang de bœuf*, mais pour lequel vous proposerez les noms suivants : *rouge abattoir, rouge vampire, rouge ogre, rouge fureur, rouge psychotique, rouge meurtre, rouge d'une nuit de viol, rouge du vin répandu et vomi, rouge de l'accouchement dans la clinique sabotée, rouge torture, rouge malheur, rouge Cruella*. Affluent donc des objets et des meubles de cette couleur, jetés dans le salon comme des cris, canapé, chaises, vases, fauteuils, lampes – reflets de l'âme centrale, de l'âme hémorragique et totalitaire de Cruella – Cruella votre seconde castratrice, élue cette nuit-là avec la certitude d'enfin pouvoir commettre, dans une sorte de déplacement, un acte de rêve patiemment retardé, un matricide libérateur. C'est à quoi, étrangement, servira Cruella, dans la construction inconsciente de votre destin – Cruella, votre mère en effigie, dure, égoïste, meurtrière. Car alors il était temps et vous deviez repasser par l'enfer. Votre regard se pose sur des tringles à rideaux en fer forgé noir, dont la forme pointue et torturée, que vous ne vîtes jamais ailleurs, rappelle les broches aiguës où cuisent les damnés. Il y a aussi une plante maigre et desséchée, un plumeau à l'agonie, dans un grand bac couleur d'avortement. Vous constatez enfin l'absence totale de livres.

Votre autopsie du salon est brusquement interrompue. Annie vous demande d'aller voir où en est Cruella. En effet, elle séjourne aux toilettes depuis plus d'un quart d'heure. Il n'y a aucun bruit de vomissement. Elle est un peu inquiète. Vous vous rendez joyeusement sur les lieux.

Vous ouvrez la porte. Au-dessus d'une mixture odorante, composée d'urine, de vin et de bouts de viande à moitié digérés, Cruella est assise. Elle somnole, la tête penchée en avant, la jupe relevée, le string et les collants baissés. Quand vous l'aidez à se relever, elle vous insulte sans conviction, *fous-moi la paix, rentre chez toi connard, etc.*, tout en essayant d'ôter votre pantalon et de téter un membre endormi par quinze verres de gin. Vous remontez avec gourmandise le string et les collants le long des petites cuisses nerveuses. À peine sortie des toilettes, elle vous demande de la reconduire dans les lieux attractifs, où elle vomit par saccades la sauce *marchand de vin*. Au loin, Annie dit : « Merde ! » L'omelette est totalement brûlée et la poêle défunte. Vous en profitez pour montrer à Annie et à l'usine vomissante l'étendue de votre érudition. En effet, *le poêle*, Annie, *le poêle* et non la poêle ou le poil, est le drap recouvrant le cercueil pendant les funérailles. « C'est quand même bien d'être professeur… » dit rêveusement Annie. Elle frotte les lèvres de Cruella avec une éponge de vinaigre.

Annie s'en va vers les tours d'Aubervilliers, cercueils verticaux.

Vous vous rappelez alors le périphérique, l'ennui profond de vos vingt-sept ans, les moquettes dépressives, les seins creux de votre collègue. Ce fut une époque vide. Le soir, petite joie, vous achetiez des choucroutes chez l'Italien boiteux de la rue Doudeauville. Le baquet était noir et fumant. Vous étiez seul. Vous regrettiez le grand amour des vingt-six ans, l'amour intransigeant et insomniaque dans un quartier de pentes, dans des appartements d'apocalypse légère, la grande fille flûtée qui certainement aujourd'hui et ce soir, si elle n'est morte, est encore désirable et traumatique.

Vous aimez les banlieues proches et presque miséreuses, les pauvres entassés avec une rigueur géométrique. Annie s'en va dans une voiture approximative. Vous voilà seul avec Cruella. C'est le week-end de la Pentecôte.

Vous passâtes deux jours au lit à boire et à rire. Cruella semblait heureuse et vous aussi. Elle n'avait pas rencontré d'homme stable depuis six mois. Elle avait vécu deux ans avec le précédent et il était parti. Il voulait un enfant. Or le père de ceux qu'elle avait déjà lui causait d'innombrables tourments. Elle avait donc refusé. Mais aujourd'hui vous savez pourquoi lui aussi se résigna à la quitter. Le week-end de Pentecôte est très beau. Vous vous souvenez du tintement des glaçons dans le pastis. Vous alliez chercher les doses miraculeuses dans la cuisine pleine de soleil.

Le dimanche, vers dix-huit heures, la femme recomposait ses forces dans le sommeil. Pendant qu'elle dormait, vous écrivîtes une sorte de poème. Vous aviez retrouvé un travail. Vous recommenciez à écrire et à aimer. Les mots venaient comme du sang pulsé :

Le taureau rabonde ô ballerine

Œil table des sacrifices
Je fus central

Mes mains tremblent
Je recule vers toi comme du sang effrayé
Ma Décentrée
Mon Errante
Aiguille orpheline des pôles

Une bête éternelle veut mourir

Angoisse caillot des joies et des paroles
multipolaires

On vient à ma porte avec du tambour

J'ai trouvé le gisement

Vous passâtes donc deux jours ensemble. Outre l'alcool, vous vous découvrîtes des points communs. Cruella travaillait dans le même service que votre frère. Sa mère vivait dans la ville où naquit votre père. Elle y allait chaque été avec ses enfants. Elle descendait ensuite vers des campings, des bungalows, des mobile homes, dans des villages de vacances, près des gorges, des rivières et des lacs d'artifice, dans le Tarn, la Dordogne, etc. Plus tard, vous les accompagnerez dans ces lieux, un peu étranger à tout cela, avec le sentiment croissant qu'il n'y a pas de familles recomposées heureuses. Vous irez vous étourdir dans des parcs d'attractions. Vous penserez qu'être père, c'est vouloir rester enfant, somnoler doucement, et espérer le soir le corps sexuel de la femme. Vous avez quand même connu une sorte de bonheur, les routes prolifiques, les enfants turbulents. Vous vous retourniez pour leur donner des bonbons et des gifles tendres, vers la fin des voyages, sous des sapins cuivrés. Vous les avez sans doute aimés. L'automobile est une parabole de la vie. Vous y fûtes autrefois à l'arrière. Votre père était heureux d'avoir une voiture neuve. Vous glissiez sans conscience dans la DS blanche. Les virages étaient émétiques. Vous voilà maintenant à l'avant. Il n'y a rien à y faire. Les familles vous rappellent cette évidence. À l'avant, on porte un masque, un sourire fabriqué. À l'arrière, pas encore. Cruella était contente. On arrivait le soir dans les villages en bois. Les enfants couraient se jeter dans des piscines encore tièdes, dans les derniers rayons. On découvrait des espaces fonctionnels avec une sorte d'extase, des lits superposés, une terrasse sous les pins, une table en plastique, un lac au loin. Vous avez toujours aimé les territoires minuscules.

Le mois de juin se passe à peu près bien. Cruella boit modérément. Elle avale un Stilnox chaque soir. Vous faites la connaissance des enfants. Tous les matins, la petite dernière ouvre la porte de la chambre et s'installe dans le lit. Elle vient voir, jalouse et curieuse, le nouvel homme qui couche avec sa mère. Elle soulève le drap et regarde votre sexe. L'aîné a douze ans et fait pipi au lit. Il est intelligent et dyslexique. Le troisième enfant est autiste ou quelque chose dans ce genre. Il s'obstine à croire que deux et deux font cinq. Il saigne souvent du nez, généralement en pleine nuit. C'est un christ de dix ans, le centre douloureux de la famille, le symptôme le plus visible. On aimerait que la petite dernière ne soit pas asthmatique.

Malheureusement, elle l'est. Ils fréquentent des psychologues, des allergologues, des orthophonistes, des psychiatres, des sorcières, etc. Cruella passe son temps à les y conduire. Vous découvrez les joies quotidiennes d'une famille équilibrée. Il y a des spaghettis le soir. Il y a aussi du bonheur. Mais le bonheur échappe aux investigations cliniques. Cruella plaira beaucoup à votre mère : « C'est une femme courageuse, dira-t-elle, elle a trois enfants et elle est infirmière. » Les enfants finissent par vous accepter, même s'ils regrettent l'ancien amant qui les aima pendant deux ans. Le père, paraît-il, est intelligent et fou. Il vit comme un sauvage dans une maison en banlieue. Il n'a pas supporté la séparation. Quand Cruella lui annonça qu'elle allait le quitter, il entreprit de l'étrangler dans le jardin, mais s'arrêta à temps. Cruella vous a montré l'arbre nocturne au pied duquel la chose se fit. Elle est en procès avec lui à cause des enfants. Il souhaiterait les avoir à plein temps. Il milite vaguement dans une association de pères. Il habite avec un chauffeur de taxi divorcé et fréquente un club d'échecs. Le chauffeur de taxi aimerait coucher avec Cruella, paraît-il, dans une sorte de complot sexuel, vers les arbres nocturnes. Le père va très mal. Il oublie souvent de venir chercher ses enfants. Les enfants sont habillés. Ils ont leurs cartables. Ils attendent. On n'a pas de nouvelles pendant des semaines. Cruella mène contre lui une lutte qui l'épuise. Elle souhaite souvent sa mort. Il regarde, dit-elle, des films pornographiques. On y torture des corps violemment. Des scènes dans des baignoires avec des lames de rasoir. Il va de temps en temps chez une prostituée. Même Cruella, fascinée par les supplices sexuels, trouve cela malsain. Elle veut seulement qu'on l'attache, qu'on lui bande les yeux, qu'on la fouette gentiment avec le long fouet noir qu'offrit l'ancien amant. Vous finissez par y prendre goût. Vous mordez des oreilles, on vous pince les seins. Vous êtes tous les deux sexuellement tourmentés, c'est votre terrain d'entente, sans doute le seul, sans oublier l'alcool. Vous souhaitiez la tendresse, mais la haine n'est pas mal, ainsi que les petites tortures. Un peu plus tard, vous achèterez dans un sex-shop deux appareils intéressants. Vous négociâtes joyeusement avec le vendeur, dans la nuit avancée, comparâtes avantages et inconvénients, demandâtes conseil. On vous fit un prix pour les deux. Toto avec qui vous étiez, le *charmant* Toto, Toto le *rmiste,* était scandalisé par cette dépense malhonnête. L'un des deux appareils est un vibromasseur baroque : un scorpion noir en plastique mou, qui se fixe comme une ventouse sur le bas-ventre de l'aimée. La queue de six segments s'introduit dans l'anus, tandis que l'abdomen vibrant, dit céphalothorax, masse la vulve. On règle la vitesse à l'aide d'un tout petit boîtier fonctionnant avec deux piles LR03. L'ensemble est totalement inefficace. Il est bien préférable d'utiliser la brosse à dents électrique, comme nous le démontrâmes dans le chapitre XVII.

Puis voici les vacances, les douces vacances de juillet, un enfer inédit. Il fait beau, vous connaissez Cruella depuis un mois. Le père emporte les enfants dans une montagne intolérable. Les doses d'alcool et de Stilnox augmentent brusquement. Cruella ne tient pas l'alcool. L'alcool, paraît-il, révèle le vrai visage des personnes. Il faut nuancer cette loi. Ceux qui ont trop bu ont généralement le même profil, à des degrés divers. Les êtres doux deviennent un peu provocants. Les êtres violents deviennent furieux. Nous avons tous des griffes, courtes ou longues, rentrées ou sorties. Le produit les libère, les agrandit, les oriente vers l'extérieur. Ceux qui s'empoisonnent constamment et dans des proportions au-delà de l'humain ont en eux une violence et une blessure sans fond, *intimement liées à l'amour*. Les griffes de Cruella, déjà féroces dans la sobriété, devenaient monstrueuses dans l'ivresse, une ivresse noire et sexuelle. Elle frappait avec une violence d'utérus, mère tripode dont on avait tranché ce qui la retenait sur terre. Ses enfants étaient la seule chose qu'elle avait construite, et ils étaient aussi le résultat de son parcours erroné : un père parti tôt, une mère alcoolique et absente, une enfance sabotée, avec comme corollaire la longue montée de la haine, la haine compensatoire et calculée comme on fixe le prix de son malheur – le cours du malheur augmente, la haine devient exorbitante, la haine attirante de Cruella –, puis la fuite dans le sexe, les échecs amoureux, le mari mal choisi, le triple nœud des enfants dont seul le premier fut conçu dans des ressources de joie inespérées, et les deux autres, comme souvent, dans l'idée folle d'un sauvetage, la rupture, la tête hors de l'eau un instant, les deux années avec l'amant, l'amant parti, l'horrible semaine de février où Cruella comprit qu'il était parti, les mois de sexe et d'alcool, puis une lueur dans le cycle, une fenêtre à nouveau, l'espérance mêlée à la haine, vous.

L'amour est la rencontre de deux violences. C'est une lutte dans la boue et l'or. Vous passâtes aux aveux au terme d'une nuit féroce de juillet. Vous l'aviez jetée hors du lit, elle était par terre, les cheveux trempés, car vous aviez, pour calmer sa cruauté humiliante, versé sur elle une carafe d'eau entière. Quelques heures plus tôt, dans une soirée improvisée, elle vous avait provoqué sans ménagement, dansant serrée contre des hommes. Ses enfants venaient de partir le jour même. Elle était ivre. Vous aviez tenté de l'arracher de force à cette soirée. Vous aviez fait scandale. Elle vous avait mordu la main si profondément qu'on y voyait encore la marque des dents. Mais maintenant elle était à terre, sur la moquette dégradée. Vous lui dîtes rapidement que vous l'aimiez, qu'elle avait *gagné*. Elle était ivre, mais les mots vinrent produire une sorte d'étonnement dans ses yeux.

Le sexe s'ouvrit.

Vous imaginâtes alors des hommes qui la prenaient avec rigueur, sous la double érection du regard, dans les sécrétions excitantes, dans un temps presque éternel.

Car elle n'était peut-être qu'une image bâtie avec votre propre boue.

Vous fréquentâtes les égouts de l'amour.

Vous réalisâtes un soir le fantasme haletant. Vous la voulûtes voir possédée par un autre homme. Ce fantasme classique condense sans doute plusieurs choses : l'homosexualité rejetée, le désir de la dégradation, la réalisation par procuration de l'inceste, une sainte trinité... La réalisation fut sordide et comique. On ne réalise pas une image. L'homme était à moitié impuissant.

Le sexe est peut-être la seule forme, pitoyable ou non, que nous ayons trouvée pour dire quelque chose de l'amour.

Le mois de juillet passe, violent, alcoolisé, parmi la couleur rouge. Elle range des bouteilles sous l'évier. Vous les cachez. Elle vous supplie de lui révéler la cachette. Vous cédez, car vous avez vous-même soif de violence. Il y a aussi de la tendresse.

Le calme revient avec le retour des enfants. Elle les emmène à Lorient. Vous y êtes convié huit jours plus tard. C'est le début du mois d'août.

Toutes les familles ont des blessures secrètes, des cris bâillonnés. Celle de Cruella n'échappait pas à cette règle. Pourtant, là-bas, on parlait le malheur à voix haute. Tout le monde buvait exquisement, les sœurs comme les beaux-frères, la mère, l'amant de la mère, etc.

À peine débarqué dans l'HLM océanique, vous réclamâtes les grosses doses. Votre réputation de buveur vous avait précédé. Vous vous montrâtes à sa hauteur.

De tout Lorient et des provinces françaises, on était accouru pour voir le nouvel homme de Cruella – Cruella, l'aînée de la famille, la plus amochée, celle qui revenait chaque été, qui s'accrochait à sa mère comme à un produit, bien qu'elle jurât chaque année de réduire les doses.

La mère s'amendait avec l'âge. Elle cherchait à regagner auprès de ses enfants, sinon leur affection blessée, leur estime impossible, du moins une sorte de pardon. Elle pleurait à la fin des vacances, au moment des départs, quand ses filles s'en allaient. L'appartement était vide. Elle se saoulait toute la journée. Très vite, vous lui pinçâtes les joues, lui flattâtes les fesses. Les mères des autres sont toujours préférables, surtout les alcooliques. Vous l'appelâtes Mamie. Vous eûtes accès à son *cubi privé*. Vous devîntes en un soir le beau-frère préféré, dans la foule humble, euphorique et non diplômée.

Vous restâtes une semaine, d'excellentes vacances, une sorte d'enfance, les plages, les bains – l'alcool en plus. Sur le sable, parmi la fratrie simple, vous crûtes à l'amour, et même Cruella était tendre, comme elle ne le serait plus jamais. Les enfants jouaient au loin sous une surveillance aiguë et lascive. Les sœurs heureuses parlaient. Il y avait des rires, des glaces et des brioches. Vous étiez presque père.

Lorient est une ville laide. Les reconstructions d'après guerre sont souvent désastreuses. Il y a une ancienne base de sous-marins allemands, des ports, des pêcheries, des banlieues, et heureusement les plages. C'est une ville morte. L'hiver y est terrible. Mais au début du mois d'août, il y a le festival interceltique, des manèges, des fritures et des feux d'artifice. C'est l'unique attraction. Tous les Celtes d'Europe accourent. Ils se saoulent pendant dix jours. Ils portent des jupes et des barbes. On danse en rond dans des gymnases. On mange des crêpes. Les Celtes n'ont pas évolué depuis quatre mille ans. D'ailleurs, l'extrême droite les aime beaucoup. En plus, ils viennent d'Allemagne. Leur musique non plus n'a pas évolué. Il y a des tentatives, pourtant. Une avant-garde celtique, pourrait-on dire. Par exemple, on ajoute aux binious des guitares électriques. L'ensemble reste bon enfant. Le festival interceltique de Lorient fut la contribution essentielle de Cruella à l'enrichissement de votre culture. Ses commentaires critiques étaient pertinents : « C'est moins bien que l'an dernier » répétait-elle.

Puis vous descendîtes vers le sud. Ce n'était pas prévu, mais vous étiez amoureux. Cruella avait réservé une semaine enchanteresse sur la Costa Brava, dans une tour d'environ deux mille chambres, *à deux pas de la mer*. C'étaient ses vraies vacances. Elle emportait des strings pour les soirées dansantes. Vous connûtes votre première nuit de camping, au bord d'un lac artificiel. Vous fîtes l'amour sous la tente au milieu des enfants. Ils dormaient, paraît-il. C'était quand même gênant. Puis vint l'Espagne, une côte hideuse, des buildings, des usines à touristes. Tout était complet. Il n'y avait pas de place pour vous. Une chambre pour quatre n'est pas une chambre pour cinq. Il y a des normes dans l'entassement. Même les ascenseurs étaient pleins. On attendait longuement. Des troupeaux débarquaient, direction la mangeoire ou la piscine grouillante. Vous dormîtes clandestinement dans la chambre. Vous refîtes l'amour au milieu des enfants, cette fois plus sauvagement. L'autiste saigna à deux heures du matin. Vous repartîtes, un peu triste, vers Paris, le lendemain.

Etc.

Au bout d'environ vingt-deux mois, vous quittez Cruella une première fois. Quitter Cruella réclame de la patience. Il faut mettre en place progressivement des moyens logistiques pertinents : des crises d'angoisse hebdomadaires, un psychiatre, un antidépresseur, un adultère, etc. Les six premiers mois sont consacrés à l'amour. *Vous l'aimâtes réellement et la force de votre amour l'emporta.* Les six suivants, vient le découragement. L'agréable vie familiale que vous menez, faite de parcs d'attractions, de télévision, de spaghettis quotidiens, de week-ends chez la sœur, de samedis chez Ikea, d'actes sexuels avec morsures multiples, cette vie joyeuse ne suffit pas à compenser l'impression grandissante qu'on ne vous aime pas. Cruella vous explique pourtant qu'elle vous aime *à sa manière*. Par exemple, elle vous fait un cadeau à Noël. Il a été prévu que le cadeau n'excéderait pas mille francs. Or, chez Darty où vous l'accompagnez en frétillant, le magnétoscope proposé par le vendeur coûte mille deux cents francs. Cruella vous réclame donc un chèque de deux cents francs. Votre première crise d'angoisse éclate au bout d'un an. Il est vrai que vous êtes un sujet naturellement anxieux et que vous buvez beaucoup. À ceux qui l'auraient oublié, nous rappelons qu'une crise d'angoisse classique dure environ deux heures pendant lesquelles on croit mourir. Bientôt, vous en avez deux ou trois par semaine. Vous continuez à montrer bonne figure devant les enfants de Cruella. Mais vous avez l'impression de flotter dans le cosmos. Le vaisseau spatial s'éloigne de plus en plus. Vous êtes seul dans le vide. On ne vous aidera pas. Cruella attend en silence que vous déguerpissiez. Les crises d'angoisse se multiplient. Tous les signaux d'alarme s'allument. Mais vous ne voulez pas voir. Le reste est connu : il faut un psychiatre, un antidépresseur, un adultère et du temps.

Quand vous vous éloignâtes, elle prit un suppléant. Ce fut Toto, le *charmant* Toto. C'était un peu mesquin. Mais vous commenciez à revivre. Tout cela vous arrangeait. Elle l'emmena au festival interceltique. Malheureusement, elle l'usa en trois mois. Elle vous rappela donc. Malheureusement, vous accourûtes. Vous rempilâtes pour environ six mois. Puis il y eut d'autres ruptures et des séjours moins longs.

Quelle est la morale de la fable ?

On sonne à la porte de votre studio. Vous abandonnez votre bière et votre joie, etc. Voici donc un nouvel intermède. Cette fois, il y a une pieuvre dans l'œilleton. Elle mesure environ un mètre soixante-cinq de haut. Elle ondule sur le palier. Elle tient *le vieil homme fatigué* dans l'un de ses tentacules. Vous allez chercher une hache dans la cuisine, puis vous ouvrez. Le monstre réjoui s'installe dans votre vestibule. Ses yeux sont verdâtres et incestueux. Ses tentacules agitent en vrac un Caddie, une boîte de suppositoires, votre cordon ombilical, votre première rédaction, votre certificat de décès, un plat cuisiné par ses soins abyssaux, des chemises repassées, etc. La pieuvre essaie de vous attraper. Vous faites des signes au vieux prisonnier. Mais il ne vous voit pas. Vous criez. Il ne vous entend pas. Vous commencez alors à trancher les tentacules. Mais ils repoussent. La pieuvre agite devant vous ses larmes, son certificat de folie, deux frères castrés, une boîte d'aspirine, des steaks surgelés, des baisers, des morceaux de vieux père, etc. Vous tranchez avec la hache abstraite, mais rien n'y fait. Tout repousse, votre alcoolisme, votre vie affective ratée, votre haine rentrée. Soudain, vous vous apercevez que vous êtes seul dans le vestibule. Vous vous regardez dans un miroir. Vous avez un visage de pieuvre. Vos bras sont mutilés.

Cruella fréquente désormais un club de rencontres et prend un antidépresseur. Elle va aux soirées dansantes et joue au tarot. Dans son club, il y a beaucoup de vieux qui cherchent à baiser. Là-bas, paraît-il, les femmes divorcées se dévisagent avec fureur. Cruella prend aussi des cours de tango. Le tango est devenu son obsession. Il occupe tous ses week-ends. Cruella aspirait au bonheur. Elle court dans la nuit, de plus en plus couverte de bleus. Elle a au bout des lèvres le nom imprononçable de l'amour, et, comme beaucoup, elle fuit dans le nombre. Un jour, elle vous dira qu'elle aurait pu être prostituée, et que si elle n'avait pas ses enfants elle serait déjà morte. Le malheur des femmes est peut-être plus grand que celui des hommes. Elles sont les conduits tristes par où nous naissons. Elles sont de plus en plus solitaires. Elles font leurs enfants dans leur coin, et demandent à des hommes désastrés de remplacer des pères qui ont fui. Elles élèvent seules leur portée avec un acharnement animal. Leur espérance de joie est d'environ quinze ans.

Vous revoyez sa petite silhouette, sa démarche nerveuse et saccadée, et tous les lieux qu'elle vous imposa. Elle vous menait obstinément dans des campings à proximité des vieilles cascades de France. Les cascades tordues et honorables vous parlaient de loisirs utopiques, du bonheur simple des sociétés aquatiques.

Vous la revoyez, sombre et hésitante, partagée entre l'amour et la vengeance.

Les grandes figures erronées de nos vies pleines d'erreurs nous hantent. Notre consolation est de les savoir ou de les espérer progressivement heureuses.

XX

Nous ne pouvons pas accuser notre famille de tous les maux. Une famille est la caricature d'une société, entité dont le but n'est visiblement pas le bonheur de ses membres. Mais, d'une part entreprendre l'analyse d'une société complexe relève d'une compétence que nous n'avons généralement pas, d'autre part nous devons nous accorder la facilité de chercher les causes de notre malheur ailleurs qu'en nous-mêmes. Dans cette affaire, l'hypothèse de la famille se présente à nous instinctivement et il faut suivre cet instinct. Si l'oncle observe sa vie nocturne, il lui semble anormal de retrouver constamment dans ses rêves, comme sur un échiquier étouffant, les membres de sa famille, et d'y figurer lui-même dans les habits ridicules et étroits d'un enfant frustré et coupable. Cette hypothèse, comme toute hypothèse, devient intéressante pourvu qu'on la mène jusqu'au bout. On risque seulement de se tromper provisoirement ou d'être de mauvaise foi. En tout cas, on aura mis en forme beaucoup d'insatisfaction. Donnez-vous un ennemi, faites de lui la cause de vos malheurs : dans le pire des cas, c'est vous-même que vous atteindrez, et vous gagnerez une meilleure connaissance de votre débâcle ou au moins un soulagement. Faites-lui endosser tous les actes répétitifs et douloureux que votre volonté malade ne peut empêcher. Votre alcoolisme, votre sexualité désespérante, votre dépression continuelle, votre angoisse, votre destruction, mettez-les sur son compte et exonérez-vous un instant de toute responsabilité.

Deux configurations familiales semblent particulièrement efficaces en ce qui concerne la souffrance qu'elles injectent à leurs membres. Il y en a sûrement d'autres, mais retenons ces deux-là. Premier modèle : Bruno a été abandonné par sa mère à la naissance. Elle est toujours vivante. Il sait où elle vit. Paradoxalement, cet abandon le guide dans une carrière chaque jour plus brillante. Sa haine et sa soif de reconnaissance ne connaîtront jamais d'assouvissement. La haine est en effet une source de réussite. Bruno est malheureux comme un chien. Il a fait un enfant qu'il a fini par abandonner. Cet enfant le haïra à son tour. Ce principe de reproduction se retrouve chez Anna. Son père a quitté le foyer quand elle avait six mois. Il est allé répandre son sperme misérable un peu partout dans le monde. Elle a des demi-frères et des demi-sœurs dans quatre ou cinq pays. Elle ne les a jamais vus. Elle est belle, intelligente, et très déprimée. À trente-deux ans, elle a décidé de reproduire le merveilleux modèle qu'elle a connu. Elle a fait un enfant avec un homme de passage. Selon ses propres termes, cet enfant représente désormais quatre-vingt-quinze pour cent de sa vie. Être le dépositaire de quatre-vingt-quinze pour cent de la vie d'une mère ne prédispose pas au bonheur.

Le second modèle familial est celui que connaît l'oncle. Il est comparable à la réclusion à perpétuité. Dans ce modèle, l'un des deux géniteurs exerce une domination sans intelligence et sans bonté sur tous les membres de la famille. Il leur transmet la peur de l'autre, la peur du sexe, la peur de la vie, et autres qualités épanouissantes. Le deuxième géniteur laisse faire. La raison officielle de son effacement est généralement qu'il veut avoir la paix. Pas du tout. Il a lui-même été entièrement dominé dans son enfance et ne connaît d'autre issue que de se jeter à nouveau dans la gueule du loup. Il n'a jamais lutté contre le tyran. C'est pourquoi, si aucune aide extérieure ne vous est accordée, vous vous laisserez dominer à votre tour par des êtres médiocres, ou vous voudrez dominer sans bonté ni intelligence. Une famille dans laquelle les deux parents passent leur temps à se déchirer est sans doute préférable, car soit ils finissent par divorcer, soit ils vous habituent à une gestion démocratique de la souffrance. Le modèle que connaît l'oncle peut produire des enfants brillants ou non. De toute façon, ce seront des êtres malheureux, et leur brillance ne sera qu'une érection de pendu[1].

Une anecdote fera comprendre le ridicule de ce modèle. L'oncle a vingt-deux ans. Pour la première fois de sa vie, il vient de découcher sans prévenir sa mère. À sept heures du matin, ce mammifère inquiet commence à téléphoner aux amis de son fils. L'un d'eux évoque l'hypothèse d'un coït prolongé. Il cite le nom d'une demoiselle. Le téléphone sonne donc aussitôt chez elle. Sur ordre de l'oncle, la demoiselle amusée dit au mammifère que le petit n'est pas là. L'angoisse monte rapidement. Le mammifère réveille toute la ville. Par malchance, il tombe à un moment sur un autre mammifère. C'est une imbécile frustrée qui a épousé un médecin. Les deux femmes se comprennent parfaitement. « Chère madame, suggère le deuxième mammifère, à votre place j'appellerais les commissariats et les hôpitaux ! » On en est là lorsque l'oncle, prévenu du tour que prend l'affaire, appelle sa chère mère qui l'injurie pendant dix minutes. Ce passage à tabac est certes le résultat d'une inquiétude légitime. Mais il y a autre chose : le mammifère est persuadé que son petit a passé la nuit avec une prostituée. La phrase revient plusieurs fois : « Tu étais avec une pute, avoue-le ! » La conversation s'achève par une sentence terrible : « Ton père veut te voir. Tu passeras à son bureau à dix-sept heures. » La demoiselle rit follement. Mais elle com-

---

1. L'oncle, qui a souvent été amoureux de femmes impossibles, composa un jour une sorte de supplique pour l'une d'elles. Elle avait vingt ans de moins que lui. Cette supplique se terminait ainsi :

Je suis venu avec le peuple de ma souffrance
Et l'embryon exténué

Je pèse et j'ai besoin

Famille mur atroce
Gant de cancer
Étrangleuse de cathédrales

mence à envisager une prudente rupture. À dix-sept heures, l'oncle est dans le bureau de son père. C'est un homme doux et nuancé. Il explique à son fils qu'il ne faut pas en vouloir à sa mère, qu'elle est fatiguée ces derniers temps, etc. Beaucoup de pères trop faibles ont recours à cet argument. Et il conclut par une phrase délicieuse : « C'est une femme admirable... et puis elle fait bien la cuisine ! » Il se trompe au moins sur un point. En tout cas, il vient de résumer trente ans de sa vie.

Est-il préférable d'avoir été abandonné par sa mère ou d'en avoir une qui vous considère comme l'excroissance perpétuelle de ses ovaires, la résidence secondaire d'elle-même ? L'oncle n'aime pas beaucoup les mères. Surtout celles qui ne travaillent pas ou qui font semblant. Il n'est certainement pas le seul. Une mère bourgeoise qui fait le ménage frénétiquement et sent l'eau de Javel est certes honnête, mais elle vous communique un inépuisable ennui de la vie. D'autres n'aiment sans doute pas les pères. On peut aussi n'aimer ni les uns ni les autres. En cette matière, c'est notre expérience qui nous guide. Il est en effet difficile d'aimer un être autoritaire, égoïste et frustré qui a construit son bonheur au mépris du vôtre. L'oncle est souvent agacé par les déclarations d'amour tonitruantes que les fils adressent à leur mère. À les entendre ce sont des divinités pleines d'affection et de désintéressement. Beaucoup sont des mammifères qui ne cherchent qu'à se reproduire. Leur seul regret est de ne pouvoir le faire au-delà d'un certain âge, et de perdre l'ascendant qu'elles ont eu sur leurs enfants. Dans leur choix d'un reproducteur, l'amour n'a pas beaucoup compté. Elles ont d'abord recherché la sécurité ou une position sociale. Ou bien elles ont reconduit ce qu'elles ont connu dans leur enfance et dont elles n'ont jamais réussi à se défaire : le désastre.

Examinons un cas extrême présenté à la télévision. L'émission est consacrée à la famille, mais elle ressemble à un documentaire sur les animaux. On y découvre une mère de quinze enfants. Elle a soixante ans. Elle est épanouie, totalement égocentrique, et prodigieusement autoritaire. C'est une femelle dominante. Son mari est mort, sans doute d'épuisement. Pourquoi a-t-elle fait quinze enfants ? Si c'était par méconnaissance de la contraception, on s'apitoierait volontiers sur son sort. Mais non. Issue d'une famille de quatorze enfants, elle a été abandonnée par sa mère ainsi qu'un de ses frères. Elle a donc lancé un défi à sa génitrice négligente. Elle a voulu lui prouver qu'on pouvait mettre au monde une petite quinzaine d'êtres humains sans en abandonner un seul. Belle motivation. Que ceux qui s'obstinent à perpétuer notre espèce réfléchissent sérieusement. La reproduction ressemble au jeu du pouilleux : on se refile de génération en génération une carte dont on ne veut absolument pas. Où est-il dit que la vie est une chose si intéressante qu'il faille l'imposer à autrui perpétuellement ? Pourquoi une fois apparue sur notre planète devrait-elle absolument se maintenir ? « Vous comprenez, explique cette truie épanouie, il fallait absolument que j'en fasse un de plus qu'elle ! Et je n'en ai abandonné aucun ! » Vous qui croyez être le fruit de l'amour, détrompez-vous : vous êtes bien souvent le résultat d'un calcul égoïste et médiocre. Certes, il y a aussi des calculs grandioses. Examinons une mère palestinienne. Elle procrée intensivement. Elle encourage ses sœurs et ses cousines à faire de même. Ensemble, elles mettent au monde des fils qui exploseront dans des attentats suicides. Chacun peut rapporter vingt-cinq mille dollars. C'est en effet le prix que paie l'Irak pour chaque martyr. Cette mère est très fière de fabriquer des assassins qui mourront pour elle, pour la Palestine et pour un dieu ignoble. Son mari paraît presque sympathique. Il déplore la mort de son fils aîné. Le fils aîné a fait des études. Il aurait pu servir sa patrie autrement. Le père montre du doigt un fils plus jeune : « Celui-là aurait fait l'affaire ! » dit-il. Revenons à la truie. Elle a parfaitement réussi son coup. La plupart de ses enfants vivent chez elle, surtout les garçons. On voit sur le plateau des quadragénaires castrés qui regardent leur maman avec un sourire affectueux. Les filles semblent avoir résisté davantage. Mais l'aînée a l'air épuisée par quarante ans de lutte. Le tyran ne comprend pas très bien les questions courtoises qu'on lui pose. La présentatrice s'étonne en effet de ce que certains de ses fils préfèrent vivre avec elle, alors qu'ils ont une compagne et des enfants. « Oui, triomphe cette salope péremptoire, il y en a même qui ont divorcé pour pouvoir revenir vivre avec moi ! Ils n'étaient pas heureux avec leur femme… » La présentatrice reste souriante et diplomate. Elle parle de « tribu incroyable ».

On entend souvent dire que perdre un enfant est la pire des souffrances. L'oncle en est bien persuadé. Il a pu le constater chez des êtres véritablement guidés par l'amour. Mais il ne peut s'empêcher de croire que survivre à sa progéniture, parfois, est un triomphe obscur. Être le dernier survivant d'un désastre, pour certains, est une forme d'apothéose. L'oncle ne peut s'empêcher de penser que sa mère aimerait bien s'accrocher longuement à la terre, quel qu'en soit le prix. Cet intérêt pour la vie serait plutôt louable s'il n'était purement mécanique.

Affronter un tyran n'est rien. Mais avec le temps ses victimes finissent par lui donner raison. L'ensemble forme un système qui ne veut surtout pas entendre parler de rébellion. La famille de l'oncle est peuplée d'ombres malheureuses sur qui il ne peut absolument pas compter. Il en a pris son parti. Il croit s'en être sorti mieux que les autres. Mais le combat est long et le prix à payer élevé. Lutter contre sa propre famille, se sentir perpétuellement désavoué par des esclaves, avoir coupé le lien affectif le plus fondamental d'une vie est une grande souffrance, et il n'est pas sûr qu'au bout de cette souffrance on trouve la liberté.

Vous qui croyez que l'amour gouverne une famille, détrompez-vous. Une famille est un système de domination. On y trouve comme partout des êtres qui veulent en dominer d'autres. Ils n'ont aucune satisfaction dans la vie. Au début, ce furent une mère ou un père. Mais les tyrans sans joie se sont reproduits. Ce qui vous désespère peut-être le plus, c'est que le système qui vous a fait souffrir se perpétue avec une constance affligeante. Vous retrouvez sur le visage de vos proches, de génération en génération, un sourire résigné que vous connaissez bien ou au contraire une grimace macabre. Car il y aura toujours un frère ou une sœur, une nièce ou un neveu, ou quelqu'un d'autre qui passera son temps à vous dénigrer et à vouloir exercer un pouvoir. Mais cette fois vous n'êtes plus en première ligne. Vous regardez cela de loin avec lassitude. Et lorsque vos parents mourront, le dernier lien qui vous rattachait à votre famille s'effritera comme du sable dans la marée du soir. Vous serez sans doute un peu triste. Mais vous aurez l'impression d'être enfin en vacances.

Vous vous êtes laissé faire parce que vous avez cru qu'on vous aimait. On vous a fait le coup de l'amour dans un éden de pacotille qu'on appelle l'enfance. Vous avez été bien dressé. Écoutez pourtant vos proches juger les autres : ce n'est que condescendance, critiques stupides, peur perpétuelle. Ils parlent de personnes qui leur sont infiniment supérieures sur le plan humain comme de cafards. Pourquoi échapperiez-vous à leur mépris ? Parce que vous êtes du même sang ? Tant que vous croirez être aimé, vous resterez sous la domination d'êtres intolérants et ennuyeux. Éloignez cette dernière illusion, alors le vrai visage de vos proches apparaît. Vous les trouviez originaux et éminents ? Ils sont médiocres et terrorisés. Leur prétention à se croire supérieurs aux autres est grotesque. De génération en génération, leurs noms s'inscrivent sur les listes des écoles prestigieuses comme sur un monument aux morts.

Vous avez été élevé dans une prison, dans un quartier de haute surveillance, à l'écart des autres. Même les membres les plus proches de votre famille vous sont étrangers. On vous a certes transmis des qualités intellectuelles. Mais ce ne sont que des réflexes froids. Devenir humain vous a pris plus de temps qu'à d'autres, et ce n'est pas à votre famille que vous devez cet apprentissage. En outre, il n'est pas certain que vous le soyez devenu. Il vous manquera toujours une dimension essentielle. Les autres sont pour vous quelque chose d'abstrait. Vous ne vous y intéressez pas réellement. Ou lorsque vous essayez de les comprendre, c'est par l'intellect et non par le cœur. Vous réclamez l'amour. Vous

vous plaignez de ne pas le trouver. En réalité, vous n'en voulez absolument pas. La tendresse qu'on vous prodigue vous semble une menace obscure. Vous avez repoussé ceux qui vous aimaient et ils ont fini par se lasser. Vous les avez repoussés précisément parce qu'ils vous aimaient. Vous avez un besoin presque vital de ceux qui ne vous aiment pas et votre sexualité vous pousse vers ce qui vous rabaisse.

Vous ne vous appartenez pas. Vous ne vous êtes jamais appartenu. On occupe et saccage votre corps depuis votre naissance. Votre unique résidence sur la terre, cette masse de cellules qui pourrait être au moins un hymne bref, une adhésion même consternée au soleil, cela dans quoi vous mourrez, vous et pas un autre, vous n'en avez pas la jouissance. Vous menez une lutte épuisante, et pour détruire l'ennemi qui est en vous c'est vous-même que vous détruisez peu à peu avec une joie funèbre. Votre état normal est l'insatisfaction ou l'angoisse. Lorsque vous êtes insatisfait, vous êtes presque heureux, parce qu'au moins l'angoisse s'est éloignée un instant. Si vous continuez ainsi, votre vie n'aura été qu'un hurlement entre deux abîmes.

Pourtant, il vous arrive d'être heureux. Vous mourrez peut-être précocement d'une cirrhose, d'une overdose ou d'un abus quelconque, mais vous n'aurez pas ressemblé à une famille étroite et à tous ceux qui veulent vous empêcher de vivre. C'est un soir de juin, le ciel est bleu et rose. Vous descendez la rue, votre rue, avec votre liberté, même si elle est maigre et insatisfaisante. C'est vous qui l'avez conquise, et contre ceux qui vous paraissaient invincibles. Les enseignes lumineuses palpitent, les immeubles sont là, c'est toute la vie, et elle est entièrement disponible. Vous n'avez jamais contraint personne ni méprisé au nom de valeurs stupides et mortifères. Vous êtes vivant. Vous regardez les immeubles légèrement roses. Un jour, vous ne les verrez plus. Mais aujourd'hui c'est à vous, et à vous seul, qu'il est accordé de voir ce trésor extravagant et provisoire, et personne ne peut prétendre être à votre place.

La rue est une rivière d'aventures urbaines. L'air est chaud et fraternel. Le monde n'est pas complètement un ennemi. Des voisins vous tapent sur l'épaule. Les patrons des cafés vous saluent : « Alors, l'oncle ! on te voit ce soir ? » Bien sûr, bien sûr ! Ce soir, vous irez finir ce livre dans tous les bars du monde, sur les comptoirs rayonnants, sans penser à l'amour, dans la gueule fardée de l'alcool. Boire, aimer ou vivre, quelle différence ? C'est une même saloperie somptueuse. Vous aurez un vague sourire, celui que la forme du verre finit par creuser dans les lèvres.

Vous irez, dur comme l'époque, avec un cœur amnésique et souple, libre de toute précaution morale, parmi les corps masturbés de lumière qui se heurtent et s'oublient. Les dîneurs rient. Les téléphones sonnent. Derrière les rires, rien ne va plus. L'amour se fait et se défait comme à la Bourse. L'époque est médiocre. Plus l'époque est médiocre, plus l'insatisfaction est immense. Des cœurs solitaires battent en silence côte à côte, dans une colère contenue ou encore inconsciente. L'éclatement est proche.

Table

I – Gastrite érosive 7

II – Dépôt de bilan 65

III – Linge sale 113

DANS LA MÊME COLLECTION

★ Renaud Ambite	Sans frigo	6599
★ Anthologies sous la	Disco Biscuits	5296
direction de Sarah Champion	Disco 2000	5798
★ Asia Argento	Je t'aime Kirk	6396
★ Ayerdhal	Demain, une oasis	5603
★ Mehdi Belhaj Kacem	Cancer	5153
★ Karin Bernfeld	Alice au pays des femelles	6349
★ Bessora	53 cm	5932
★ –	Les taches d'encre	6348
★ Vincent Borel	Un ruban noir	5737
★ Grégoire Bouillier	Rapport sur moi	7291
★ Poppy Z. Brite	Le corps exquis	5295
★ Arnaud Cathrine	Les yeux secs	5155
★ Guillaume Chérel	Les enfants rouges	6563
★ Valérie Clo	Encore un peu de patience	6821
★ Bernard Comment	Même les oiseaux	5541
★ Florent Couao-Zotti	Notre pain de chaque nuit	5540
★ Dominique Cozette	Quand je serai jamais grande	6969
★ Virginie Despentes	Baise-moi	5294
★ –	Les chiennes savantes	4580
★ –	Les jolies choses (prix de Flore 1998)	5460
★ Ilan Duran Cohen	Chronique alicienne	5608
★ –	Le fils de la sardine	7486
★ Guillaume Dustan	Nicolas Pages (prix de Flore 1999)	5903
★ –	Génie divin	6326
★ Dave Eggers	Une œuvre déchirante d'un génie renversant	6530
★ Patrick Eudeline	Ce siècle aura ta peau	6033
★ Rochelle Fack	Les gages	5468
★ Éric Faye	Parij	5156
★ Emmanuel Fille	Arthur la balade du perdu	4784
★ Tibor Fischer	Sous le cul de la grenouille	5298
★ Claire Frédric	Kérosène	4578

★ –	La môme	4862
★ –	Mirror	5467
★ Iegor Gran	Ipso facto	5151
★ –	Acné Festival	6058
★ Thomas Gunzig	Il y avait quelque chose dans le noir qu'on n'avait pas vu	5542
★ –	À part moi, personne n'est mort	6159
★ Éric Holder	L'homme de chevet	4575
★ Michel Houellebecq	Extension du domaine de la lutte	4576
★ –	Les particules élémentaires	5602
★ –	Poésies	5735
★ Jean-Claude Izzo	Les marins perdus	4841
★ Sophie Jabès	Alice, la saucisse	7554
	Caroline assassine	7926
★ Philippe Jaenada	Le chameau sauvage (prix de Flore 1997)	4952
★ –	La grande à bouche molle	6493
★ John King	Football factory	5297
★ Denis Lachaud	La forme profonde	7292
★ Lola Lafon	Une fièvre impossible à négocier	7485
★ Fouad Laroui	Les dents du topographe	5539
★ Patrick Lapeyre	La lenteur de l'avenir	2565
★ Éric Le Braz	L'homme qui tuait des voitures	6651
★ Guillaume Le Touze	Dis-moi quelque chose	6968
★ Claire Legendre	Making of	5469
★ Marie-Dominique Lelièvre	Martine fait du sentiment	5802
★ Pascal Licari	Grande couronne	5154
★ Jean-Marc Ligny	Jihad	5604
★ Patrícia Melo	O Matador	5361
★ Nike McDonell	Douze	7843
★ Francis Mizio	Domo Dingo, la vie domotique	5607
★ –	L'Agence Tous-Tafs	6278
★ Hélène Monette	Unless	5471
★ Maxime-Olivier Moutier	Risible et noir précédé de Potence Machine	5537
★ Valérie Mréjen	Trois quartiers	7713
★ Philippe Nassif	Bienvenue dans un monde inutile	6889
★ Lorette Nobécourt	La démangeaison	4906
★ –	Substance	6487
★ Nicolas Pages	Je mange un œuf	7555

★ Christophe Paviot	Les villes sont trop petites	6139
★ –	Le ciel n'aime pas le bleu	6890
★ Pascal Pellerin	Tout m'énerve	6070
★ –	Tout va bien	6724
★ Daniel Picouly	La lumière des fous	4772
★ Vincent Ravalec	Cantique de la racaille (prix de Flore 1994)	4117
★ –	Vol de sucettes, recel de bâtons	4579
★ –	La vie moderne	4842
★ –	Nostalgie de la magie noire	5152
★ –	Un pur moment de rock'n roll	4261
★ –	Treize contes étranges	5799
★ –	L'effacement progressif des consignes de sécurité	6694
★ Nicolas Rey	Treize minutes	5605
★	Mémoire courte	6813
	Un début prometteur	7735
★ Corinne Rousset	Ils ont changé ma chanson	7666
★ Anna Rozen	Plaisir d'offrir, joie de recevoir	5944
★ –	Méfie-toi des fruits	6749
★ Murakami Ryû	Les bébés de la consigne automatique	5024
★ Régis de Sá Moreira	Pas de temps à perdre	6786
★ Ann Scott	Asphyxie	4893
★ –	Superstars	6194
	Le pire des mondes	7628
★ Minna Sif	Méchamment berbère	5470
★ Valérie Tong Cuong	Big	4773
	Où je suis	7873
	Ferdinand et les iconoclastes	7874
★ Alain Turgeon	Gode blesse	5538
★ Louis-Stéphane Ulysse	Toutes les nouvelles de mon quartier intéressent le monde entier	4577
★ –	La mission des flammes	4953
★ Cécile Vargaftig	Frédérique	3773
★ Alain Wegscheider	Mon CV dans ta gueule	6279
★ Florian Zeller	Neiges artificielles	7318
★ –	Les amants de n'importe quoi	7319
★ Luc Ziegler	Damnation	4901

7748

Composition Nord Compo
Achevé d'imprimer en France (Manchecourt)
par Maury-Eurolivres
le 20 mars 2006.
Dépôt légal mars 2006. ISBN 2-290-34103-7
1er dépôt légal dans la collection : juillet 2005

Éditions J'ai lu
87, quai Panhard-et-Levassor, 75013 Paris
Diffusion France et étranger : Flammarion